허드슨 테일러의 삶과 교훈에서 배우는 제자도

예수를 따르는 길

HUDSON TAYLOR
LESSONS IN DISCIPLESHIP

허드슨 테일러의 삶과 교훈에서 배우는 제자도

예수를 따르는 길

초판 발행	2011년 12월 10일
1판 6쇄	2015년 4월 5일
지은이	로저 스티어(Roger Steer)
옮긴이	최태희
디자인	김석범
캘리그라피	권승린
발행처	로뎀북스
등록	2012년 6월 13일 (제 3331-2012-000007호)
주소	부산시 남구 황령대로 319가길 190-6, 101-2102
전화/팩스	051-467-8983
이메일	rodembooks@naver.com
ISBN	978-89-93227-31-4

허드슨 테일러의 삶과 교훈에서 배우는 제자도

HUDSON TAYLOR
LESSONS IN DISCIPLESHIP

예수를
따르는 길

RODEM BOOKS omf

CONTENTS

예 수 를
따르는 길

허드슨 테일러의 삶과 교훈에서 배우는 제자도

H U D S O N   T A Y L O R
LESSONS IN DISCIPLESHIP

허드슨 테일러의 삶과 교훈에서 배우는 제자도

예수를 따르는 길

HUDSON TAYLOR
LESSONS IN DISCIPLESHIP

CONTENTS

허드슨 테일러의 삶과 교훈에서 배우는 제자도
예수를 따르는 길
HUDSON TAYLOR
LESSONS IN DISCIPLESHIP

CONTENTS

'명불허전! 허드슨 테일러의 제자도를 읽으면서 거듭 터지는 감탄사이다. 이 책을 읽는 독자는 그가 근대 개신교선교운동에 그토록 지대한 영향력을 미친 것이 결코 우연이 아님을 깨닫게 될 것이다. 복음을 '증거'하기 전에 먼저 참된 '증인'이 되어야 하고, 외적 영향력(doing)은 증인의 내적 자질(being)이 결정한다는 본질적 진리를 새삼 깨우쳐주는 주옥 같은 선교지침서이다. 한국선교를 비롯한 현대선교의 치명적 오류가 무엇인지, 종교꾼이 되어 바리새적 열심으로 밀어 부치는 선교행위를 왜 당장 멈춰야 하는지, '개종'이 아닌 진정한 '회심'을 얻어내려면 선교적 실천과 자세가 어떻게 변화되어야 할 것인지 등 세계선교계가 당면한 핵심현안들을 원리적으로 진단하고 처방해주는 소중한 책이다. 지상명령은 단순한 전도의 명령이 아니라 제자도의 명령인데, 제자가 제자를 낳는다는 원리를 감안할 때 제자도의 핵심을 다루는 이 책이야말로 선교에 참여하는 모든 이들이 읽어야 할 필독서이다. 선교의 이름으로 수많은 일을 벌이기보다 '선교적 제자도'에 초점을 맞추는 일이 어느 때보다 절실히 요구되는 때에 출판된 이 고전을 선교의 모든 동역자들에게 강력히 추천한다.'

정민영 선교사_ 국제위클리프(Wycliffe Global Alliance) 부대표

각종 자료나 기록을 통해서 발견한 허드슨 테일러의 믿음의 힘은 과연 어디에서 나오는 것일까 하는 궁금증이 늘 있었다. 이번에 발간되는「예수를 따르는 삶」을 읽으면서 그 힘의 원천을 알게 되었다. 이 책은 현장에서 쓴 신앙개론과 같은 내용이다. 허드슨 테일러의 삶과 사역의 원리가 무엇인가를 잘 보여주고 있다. 선교뿐만 아니라 신앙이 무엇인가에 대한 백문일답과 같은 내용이다. 특별히 이 내용이 더 설득력 있는 것은 각 원리에 따른 믿음의 행동과 그 결과가 실제 선교현장에서 현실로 들어난 사건으로 자세히 소개되고 있기 때문이다.

전도나 선교를 말하기 전에 하나님이 어떤 분인지를 알아야 한다. 전략을 말하기 전에 전도자나 선교사가 어떤 사람이어

야 하는지를 배워야 한다. 사역을 시작하기 전에 믿음의 순종이 무엇인지를 배워야 한다. 오늘날 우리의 과제는 전도 전략이 부재한 것도 아니고 파송 되는 선교사의 수가 적은 것도 아니다. 오늘날 한국교회와 선교의 과제는 우리가 전파하려는 하나님이 어떤 하나님이신가를 진심으로 아는 것과 그의 백성들의 삶과 믿음에서 하나님의 백성으로서의 진정성이 있는가에 대한 진지한 고민과 성찰의 회복이다. 하나님이 교리로만 이해되고, 선교가 프로젝트로만 이해되는 오늘의 한국 교회 현실에서 이책은 많은 도전을 줄 수 있을 것이다.

백 가지의 작은 주제에 대한 허드슨 테일러의 생각과 그 생각이 그의 삶과 사역에서 어떻게 실천되었는가를 보여 주는 책이다. 교리와 신앙이 따로 놀고, 믿음과 삶이 따로 노는 오늘의 수많은 명목상 그리스도인들에게 교리가 신앙으로, 믿음이 삶으로 어떻게 구체화 될 수 있는가를 배울 수 있는 귀중한 책이다. 이 한 권의 책으로 우리는 허드슨 테일러가 왜 선교 역사에서 그렇게 중요한 자리를 차지하게 되었는지를 충분히 발견할 수 있을 것이다. 믿음이 삶으로 나타나길 소망하는 모든 사람들, 선교사로 나가길 준비하는 자들, 선교사로 헌신할 것을 심각하게 고민하는 이들에게 큰 도전과 믿음의 결단을 내릴 수 있도록 이 책이 안내할 것이라고 확신한다.

한철호선교사_ 선교한국 파트너스 상임위원장

'허드슨 테일러는 하나님을 믿었다.' 이처럼 강력하고 또 분명한 삶의 고백이 어디 있을까? 나는 이 책에서 순간순간 하나님을 눈앞에 모신 자로 살아간 '예수 그리스도의 제자'의 삶을 읽을 수 있었다.

허드슨 테일러는 하나님을 만난 이후로 죽는 순간까지, 하나님의 마음에 가장 합한 사람이 되기 위한 구체적인 삶을 실천했다. 성경에 대한 철저한 믿음을 바탕으로 한 실천, 실천의 과정에서 거쳐야 하는 고난의 용광로에서 순전해진 하나님에 대한 살아있는 지식과 더 굳건해지는 믿음의 축복을 누렸다.

그는 평생 동안 성경을 깊이 있게 읽고 묵상하는 것을 통해 이 삶의 기초를 쌓고, 방향을 발견해 갔다. 이 책은 허드슨 테일러의 삶을 통해 예수를 따르는 길이 과연 어떤 것인지 선명한 방향과 방법을 알려주시는 하나님의 선물이다. 그 길은 화려한 것도 아니고, 굴곡만 있는 것도 아니고, 감탄만 자아내는 것도 아니었다.

허드슨 테일러는 하나님을 위해 큰일을 한 사람들은 모두 약했다고 말한다. 하나님이 함께 계신 것을 믿었던 약한 사람들이 하나님을 위해 위대한 일을 이룰 수 있었다고 말한다. '하나님을 믿는' 것을 필요 이상으로 어렵게 생각하면, 살아계신 하나님 대신에 어려움을 바라보게 되어 믿음의 후퇴를 경험한다고 말한다. 하나님의 축복과 공급하심을 방해하는 것은 환경이 아니고 믿음 없는 자신이기 때문에 그것을 경계하라고 권면한다. 하나님의 말씀을 진리로 믿고, 그 약속을 믿으면 하나님께 붙들린바 된다. 그러면 자신이 얼마나 연약한 사람인지, 약속을 주신 분이 얼마나 위대한 분인지를 알게 된다. 그리고 자기가 하는 모든 일에서 하나님의 손길을 보는 특권을 온전히 누리게 된다. 이런 형통함을 볼 수 있는 것은 바로 믿음의 눈이다. 가장 깊은 고난의 길, 바로 예수그리스도의 길을 따를 때, 진정한 형통함을 알게 되는 믿음의 눈이 뜨인다. 우리는 큰일을 위해서 하나님을 믿는 것이 아니다. 다만 하나님을 믿고 살아가면 큰일을 할 수 밖에 없는 것이다.

한 페이지 한 페이지가 빛이 나는 책이다. 현대를 살아가는 모든 그리스도인들의 필독서이다.

주님은 '우리에게 믿음을 더하소서!'(눅17:5)하고 기도하는 제자들을 꾸짖으셨다. 제자들에게 필요했던 것은 위대한 믿음이 아니고 위대하신 하나님을 믿는 것이었다. – 본문 중…

이대행 선교사_ 선교한국 대회 상임위원장

내가 허드슨 테일러에게서 배운 교훈
– 존 스토트 –

　　내가 1940년대 케임브릿지 대학에 다닐 때 「허드슨 테일러 – 한 영혼의 성장과 하나님을 믿었던 사람」을 읽으면서 받았던 영향은 지대하였다. 허드슨 테일러의 모범은 당시 학생이었던 나에게, 그리고 후에 목사가 되었을 때에도 큰 도전이 되어 더 깊고 현명한 믿음으로 나아가도록 해주었다. 그는 언제나 나에게 강건하고 합리적이며 현실에 뿌리박은 믿음의 좋은 예가 되어 주었고 기독교 믿음에 있는 중요한 면면을 네 가지로 가르쳐 주었다.

첫째, 믿음이란 하나님의 신실하심에 그 기초를 두고 있는 것이다. 허드슨 테일러가 자주 '하나님을 믿으라.'(막11:22)는 예수님의 명령을 인용하면서 그것을 '하나님의 신실하심을 생각하라.'는 말로 바꾸어 전했다는 글을 읽은 적이 있다. 성서 석의학적으로 정확한 말은 아니지만 신학적으로는 바른 말이다. 인간의 믿음과 하나님의 신실하심은 같은 동전의 양면이다. 하나님이 신실하시기 때문에 믿음이 이치에 맞는 것이다. 하나님보다 더 믿음직스러운 존재가 없기 때문이다. 그러니 믿을만한 것에 의지하는 것은 무모한 것도 아니고 모험도 아니다. 그것은 명백하고 건전한 상식이다.

둘째, 믿음은 아이처럼 신뢰하는 것이다. 하나님은 신실하신 분일 뿐 아니라 예수 그리스도를 통해서 우리의 아버지도 되신다. 그분은 우리에게 당신을 아버지라고 부르면서 걱정거리를 맡기고 자녀가 부모에게 필요한 것을 달라고 하듯이 구하라고 하신다. 허드슨 테일러는 이렇게 말한다. '내가 아이를 데리고 있는데 아이에게 끼니때마다 먹을 것이 필요하다는 것은 애쓰지 않아도 쉽게 알 수 있는 일이다. 부모가 되어 어떻게 그 일을 잊을 수 있겠는가? 하나님 아버지께서 나보다 덜 친절하시고 덜 배려하시는 분이라고는 상상할 수 없는 것이다.' '우리 하나님 아버지께서 당신의 자녀를 잊으시는 적은 결코 없다고 나는 믿는다. 그리 좋은 아빠가 아닌 나 같은 사람도 자녀를 잊은

적은 없다. 그러니 아주, 매우 좋은 아버지이신 하나님이 어찌 당신 자녀를 잊으실 수 있겠는가?'

셋째, 믿음은 영적인 세계에서 뿐 아니라 물질적인 세계에서도 필요하다. 그 말은 회심자를 찾을 때도 믿음이 필요하지만 돈이 필요할 때도 믿음이 필요하다는 것이다. 잘 알려진 허드슨 테일러의 금언 중에 이런 것이 있다. '하나님의 방법으로 하는 하나님의 일에 그 공급이 부족한 적이 없다.' 무엇이 '믿음 선교' 인가에 대해 논란이 많은 것으로 알고 있다. 재정이 필요할 때 하나님께만 기도해야 하는가 아니면 하나님의 사람들에게도 알려야 하는가에 대한 문제이다. 분명 바울 사도는 가난한 유대 교회를 위해 모금하면서 그리스 교회들에게 헌금을 촉구했던 일을 불합리하다고 생각하지 않았다. 그러나 그러한 태도는 하나님께 대한 자신감에서 나온 것이었다.

지난 20년 간 올 소울스 교회(All Souls Church-존 스토트가 담임하던 교회-역주)는 건축을 두 번 해야 했다. 그것은 아주 무모했지만 피할 수 없는 일이었다. 한번은 마이클 보건이 책임자였고 두 번째는 리차드 뷰스가 책임을 맡았다. 그 둘이는 서로 다른 스타일이었지만 믿음 안에서는 하나였다. 그 때 나는 돈이 중요하기는 하지만 이차적인 문제라는 것을 허드슨 테일러에게서 배웠다. 만일 우리가 하나님의 방법으로 하나님의 뜻에 맞게 하나님의 일을 하면 필요한 돈은 채워진다는 것을 나도 확실히 믿는다.

넷째, 믿음은 수단의 사용과 양립될 수 있는 것이다. 1853년 배를 타고 처음 중국으로 갈 때 허드슨 테일러가 타고 있던 배가 웨일즈 해안을 떠난 뒤 얼마 안 되어 심한 폭풍우를 만났다. 허드슨은 어머니께 구명복을 입겠다고 약속한 적이 있었다. 그런데 막상 선장이 승객들에게 구명복을 입으라고 명령하자 그것이 불신앙의 표시이어서 하나님께 누가 된다고 생각하고 자기 것을 내던졌다. 그런데 나중에 자기가 잘못한 것을 깨닫고 이런 편지를 썼다. '수단의 사용이 우리의 믿음을 약화시켜서는 안 된다. 그리고 하나님의 목적을 성취하기 위해서 우리에게 주신 수단을 어떤 것이라도 사용하는 것은 믿음과 상반되는 일이 아니다.' 이렇게 덧붙일 수도 있겠다. 농부는 하나님을 믿지만 스스로 밭을 갈고 씨 뿌리고 추수한다. 마찬가지로 환자가 의사에게 가서 진찰을 받고 약을 먹는다든지, 교회 지도자가 필요한 조직을 갖추어 교회를 이끄는 일도 믿음과 상반되는 일이 아니다.

결론적으로 진정한 믿음은 미신이나 맹목, 또는 게으른 무위(無爲)가 아니다. 그것은 하나님의 신실하심과 아버지 되심에 근거한 것이고 분별 있는 조심과 행동이 따르는 것이다.

그래서 나는 이 책이 출판되는 것을 환영하며 많은 독자에게 그의 믿음을 열심히 본받게 되는 자극제가 되기를 기도한다.

서론

| 기독교의 본질 |

오늘 날 우리의 관심을 끄는 수많은 목소리 가운데 무엇이 바른 것인지를 어떻게 식별하는가? 예수님은 자신이 '길이요 진리요 생명'이라고 주장했는데(요14:6) 오늘 날 부분적으로는 허드슨 테일러와 같은 사람들의 노력 덕분에 그 이전 어느 때 보다도 이 세상에 기독교인이 많이 있다. 기독교는 어떤 면 때문에 다른 철학들과는 달리 시대의 시험을 통과하고 남아 있는가? 그 영속성을 어떻게 표현할 수 있으며 무엇이 기독교 믿음의 중심에 존재하고 있는가?

이 책은 이러한 중요한 질문에 대해서 주로 한 사람의 경험과 글을 근거로 하여 대답을 해주고 있다. 1985년부터 허드슨 테일러의 전기를 썼는데, 그때부터 지금까지 그는 내 삶에 중요한 부분을 차지하고 있다. 1990년 「허드슨 테일러(A Man in Christ)」(두란노)를 출판하고 나서도 나는 계속 그 사람과 그가 이룬 업적의 중요성에 대해서 묵상하였다. 나는 당시 기독교 제자도와 교회사 연구에 힘을 기울이고 있었다. 수세기에 걸친 교회 역사 속에서 기독교인들의 삶과 글을 살펴보다가 허드슨 테일러의 생애를 묵상했을 때, 이 사람이 기도와 묵상, 그리고 행동을 통해서 깨달았던 것이 기독교의 본질에 아주 근접한 것이었다는 확신이 들었다.

나는 허드슨 테일러가 기독교인으로서 순례의 길을 갈 때 그를 지탱해 주었던 것이 무엇이었는가를 자문해 보았다. 무엇이 그를 움직이게 하였나? 그에게는 새벽 미명에 일어나 기도하고 성경을 읽던 습관이 있었다. 다양한 배경의 기독교인들과 어울렸으며, 예수님에 대해서 전혀 중요하게 생각하지 않는 세상의 반대편에서 많이 배우고 세련된 사람들 사이에서도 살았다. 다른 종교를 믿는 지도자와 그 추종자들과 대면하여 대결하던 장면도 있었다. 중국에서 제일 규모가 커졌던 선교 단체를 세울 때 있었던 현실적인 제반 문제도 이겨 나갔다. 다양한 젊은이들과 때로는 고집 센 개척자들을 인도하기 위해 고군분투했다. 사랑하는 사람에게 구애를 했을 때 선교사들의 모임에서는 그가 중국옷을 입는다고 비판을 했다. 비통했던 가족의 죽음도 있었다. 모금을 하지 않아도 하나님께서는 필요한 것을 공급해 주신다고 자신을 포함한 선교회의 명예와 하나님의 이름을 걸고 만민에게 선포했다. 허드슨 테일러는 그 모든 일을 어떻게 감당했는가?

1888년 그는 캐나다를 방문했다. 어디에서 말씀을 전하든지 학생과 젊은이들은 자기들이 중국에 선교사로 가겠다고 했다. 테일러는 처음에는 북미에 CIM(중국 내지 선교회) 지부를 세울 생각이 없었다. 그런데 그런 지부를 세우는 것이 하나님의 뜻이라는 확신이 드는 것이었다. 북미에서 40명의 남녀가 CIM에 가입하겠다고 지원했을 때, 또 중국에 가도 좋겠다는 평가를 받은 젊은 여인 8명과 남자 6명을 축하하는 집회장에 사람들이 몰려드는 것을 보며 허드슨 테일러의 얼굴에서 '근엄함'이 사라졌다는 보고가 있었다.

토론토에서 열렸던 이 모임에서 주최 측은 딸을 보내는 아버지 한 분에게 한 말씀 해 달라고 하였다. '내게는 주 예수보다 더 귀한 것은 아무것도 없습니다. 그분은 내게 가장 좋은 것을 요구하셨고 나는 온 마음을 다하여 나의 가장 좋은 것을 그분께 드립니다.'

허드슨 테일러는 북미를 처음으로 방문했을 때를 회상할 때면 언제나 그 '내 주 예수보다 더 귀한 것은 없다'는 말을 인용하곤 했다.

23

그런데 언론은 테일러가 토론토를 방문한 것에 대해서 다소 견해가 달랐다. 사실은 몬트리올로 가는 기차 안에서 헨리 프로스트는 (그에 대해서는 나중에 다시 언급하겠지만) 테일러가 그에게 보이고 싶지 않은 기사를 읽는 것을 보고 숨이 멎는 듯 했다. 그 기사는 테일러의 토론토 방문을 언급하면서 그가 훌륭한 선교사로 보이지 않는다는 것이었다. 모르는 사람이 길거리에서 만나면 그저 '사람 좋아 보이는 영국인' 정도로 밖에 생각하지 않을 것이라고 했다. 대중 앞에서 하는 설교도 캐나다 목사보다 못하다고 했다. 허드슨 테일러는 다 읽고 나서 친구에게 미소를 지었다.

'바른 말을 했어요. 다 맞는 말이에요. 자주 이런 생각이 든답니다. 하나님께서는 당신이 위대하신 것을 드러내기 위해서 나를 아주 작게 만드시는 것 같아요.'

실제로는 캐나다 기자가 허드슨 테일러의 대중 설교에 대해서 했던 평가는 다른 곳에서 나온 보고와 일치하지 않는다. 다른 나라에서는 테일러가 설교를 길게 해도 처음부터 끝까지 청중을 사로잡는 힘이 있었다고 했다. 그러니 그 기사는 아마도 방침을 정해 놓고 그렇게 글을 쓰는 기자 특유의 습관 때문이었다고도 볼 수 있을 것이다. 그렇지 않다고 해도 허드슨 테일러가 그 기사가 '모두 사실'이라고 한 것은 특별한 겸양이 아니었을 수도 있다. 그는 그렇게 크게 쓰임을 받았으면서도 특별하게 뛰어난 기술이나 재주는 가지고 있지 않았다. 짐 패커가 말했듯이 그가 지녔던 놀라운 '비전, 열정, 헌신, 사랑, 진취적 기상, 지혜 그리고 순수한 결단력'이 모두 하나님의 은혜와 합하여 영웅이 된 것이었다. 그렇지만 그 시점 이후로 사람들은 그 영웅에게 함께 있었던 갈등과 실수, 패배와 승리를 분별할 수 있게 되었다. 사람들은 예수님을 따르려고 시도하다가 머뭇거려질 때 허드슨 테일러의 하나님이라면 자기들에게도 무언가를 해주실 수 있지 않겠는가하고 생각했을 것이다.

토론토에서 몬트리올까지 기차로 가면서 침대칸에 탔는데 헨리 프로스트가 위층에 있었다. 자기 아래에서 자고 있는 사람은 사람들의 주목을 받고 있는 사람이었다. 프로스트는 이런 생각이 들었다. '별 볼 일 없는 사람이 위대한 척 하기는 그리 어렵지 않다. 그런데 위대한 사람이 사소한 사람처럼 되려고 하기는 아주 어려운 일이다. 그런데 이 테일러씨의 겸손은 오직 예수님의 낮아지심에서만 찾아볼 수 있는 경지이다.'

내가 이전에 쓴 책의 후기에서 증손자 제임스 허드슨 테일러 3세는 이렇게 말했다. 그는 당시 OMF의 총재로 있었다. '허드슨 테일러의 삶과 교훈에서 배우는 제자도는 한 개인이나 그가 세운 기관에만 적용될 것이 아니다. 그것은 학생, 주부, 고용주, 고용인 그 누구를 막론하고 기독교인이라면 누구든지 배우고 그렇게 살아내야 할 원리이다. 문제는 그 원리에 따른 행동이 있어야 한다는 것이다.' 그 말 때문에 이 책이 필요하다고 생각했고 제목도 그렇게 붙인 것이다.

제자도에 대한 내용 중 이전의 책에 언급된 것도 있지만, 이번에는 더 다가가기 쉽게 쓰면서 전기에 다 넣을 수 없었던 교훈을 포함시켰다. 이 안에 허드슨 테일러의 삶과 글에서 우리가 배울 수 있는 것 중에서 중요한 것을 골라 100가지로 요약했다. 테일러가 '불변의 원칙- abiding principle'이라고 표현했던 것을 오늘 날 사람들이 하는 질문 30개로 나누어 대답하는 형식으로 이 책을 썼다. 괄호 안에 있는 숫자를 보고 질문의 내용을 찾을 수 있겠지만 문맥 안에서 그 교훈들을 이해하려면 책을 전체적으로 읽어야 할 것이다.

1. 하나님을 안다는 의미가 무엇인가? (15, 17번째 교훈)

2. 그분에 대해서 내가 얼마나 많이 알 수 있는가? (13, 14, 100번째)

3. 어떻게 하면 하나님을 위해서 훌륭한 성과를 낼 수 있는가?
   (14, 26, 31번째)

4. 믿음이란 무엇인가? (21~24, 27~30번째)

5. 사탄에게도 신조가 있는가? (25번째)

6. 왜 고난이 있는가? (1, 16, 80~85, 87~88번째)

7. 제자에게 올 수 있는 고난은 어느 정도까지 인가?
   (81~82, 84~85, 87, 97, 99번째)

8. 기독교인에게 권리가 있는가? (84번째)

9. 욥의 이야기에서 배우는 교훈은 무엇인가? (89~96번째)

10. 믿음으로 구원 받았다고 기뻐하는 기독교인에게 순종이 얼마나 중요한가?

(2~3, 73번째)

11. 믿음으로 구원 받았다며 기뻐하는 기독교인에게 거룩을 추구하는 것이 얼마나 중요한가? (37, 51, 74번째)

12. 완전은 가능한가? (43, 47번째)

13. 어떤 점에서 거룩하게 되려고 애써야 하는가? (40~42, 44~47, 51번째)

14. 죄가 얼마나 심각한 문제인가? (37~38, 40, 46번째)

15. 내 죄는 용서받았는데 그 죄의 결과는 남거나 문제가 되는가? (48~50번째)

16. 허드슨 테일러는 초자연적인 성령을 얼마나 강조하였는가? (56~63번째)

17. '두 번째 축복'을 사모해야 하는가? (62번째)

18. 하나님의 초자연적인 능력과 성공을 지향하는 나의 노력 사이의 관계는 어떠해야 하는가? (56~61번째)

19. 하나님은 누구에게 성령을 주시는가? (63번째)

20. 기도에 성공 하는 비결은 무엇인가? (54~55, 64번째)

21. 하나님은 언제나 기도에 응답하시는가? (65~ 69번째)

22. 하나님이 나의 기도를 들으신다고 믿는데, 그분을 위한 사역에 돈이 필요할 때 모금을 할 필요가 있는가? (32~ 39번째)

23. 내가 복음 전하는 동기가 무엇인가? (4, 6~7번째)

24. 복음을 어떻게 전해야 하는가? (11~12, 77번째)

25. 아직도 선교사가 해야 할 역할이 남아 있는가? (9번째)

26. 선교사에게는 어떤 자질이 필요한가? (8, 10, 71번째)

27. 선교사는 익숙하지 않은 문화에 어떻게 반응해야 하는가? (70, 72번째)

28. 복음 사역에서 가난하고 배고픈 사람을 돌보는 일이 어느 정도 중요한가? (76~78번째)

29. '천국 복음'이란 무엇인가? (18~20번째)

30. 기독교 지도자에게 어떤 자질이 요구되는가? (74~75번째)

　이러한 질문에 대한 허드슨 테일러의 대답은 언제나 그 요구가 벅차며, 가끔씩은 논쟁의 여지가 있을 수 있고, 대체적으로 사람들이 좋아하는 방향은 아니다. 그렇지만 이 책에 기록된 내용은 우리를 허드슨 테일러가 가졌던 믿음의 핵심으로 뿐 아니라 하나님의 사랑이 가장 밝게 빛나는 장소 ─ 갈보리의 십자가 ─ 로 데려갈 것이다.

　조지 케어리 주교는 이런 말을 했다. '성령으로 충만한 종은 성령으로 충만했던 자신의 주인이 걸어가신 길에서 벗어난 사역을 할 수 없다. 그리스도를 따르는 길에 고난과 역경이 있을 때가 많다. 그런데 바로 그 어려움 가운데 편안하고 즐거울 때 함께 계셨던 그분의 영이 함께 해 주신다.' 허드슨 테일러와 같은 훌륭한 사람의 삶에도 즐거움과 고난, 놀라운 기쁨과 깊은 슬픔이 함께 있었다. 승리하는 기독교인의 삶은 그에게도 쉬운 것이 아니었다.

　예수님이 죽으신 갈보리, 그것이 의미하는 하나님의 무한하신 사랑, 그 은혜와 용서가 허드슨 테일러의 마음을 열정으로 타오르게 했다. 자기가 부르심을 받아 걷는 길도 바로 그와 같은 십자가의 길이었다. 그리고 십자가는 하나님이 죄를 얼마나 심각하게 다루는지를 깨닫게 해 주었다. 죄가 그저 사소한 것이고 작은 결점 정도라면 예수님이 죽을 필요도 없었다.

　그래서 존 웨슬리처럼 허드슨 테일러도 죄를 진지하게 다루었다. 선교지에 가려는 후보자가 '흠 없이' 행할 의사가 없으면 그냥 집에 있는 것이 더 낫다고 생각했다. 테일러는 기독교인은 하나님의 계명을 아주 작은 것이라도 범해서는 안 된다고 했다. 부정한 것은 생각하지도 말아야 했다. 죄는 용서를 받는다고 해도 원래대로 될 수 없는 것이다. 그 결과가 남는 것이다. (오늘 날 간음으로 깨진 가정에서 그 비극적인 결과를 볼 수 있지 않은가.)

허드슨 테일러는 하나님의 형상으로 지어지고 구속 받고 새롭게 된 사람들이 높은 수준까지 거룩하게 될 수 있다고 생각했다. 그 거룩의 높이에 대해서 낙관적인 견해를 갖고 있어서 우리가 '완전한 기독교인'이 되도록 부르심을 받았다고 했다. 다른 사람이 볼 수 있는 행동에서 만이 아닌 것을 그는 이렇게 아름답게 표현했다. '우리 아버지는 아무도 보지 않는 사막에도 꽃이 피게 하신다.'

그는 성령 강림절에 임하셨던 성령이 오늘날에도 똑같이 임하신다고 믿었다. 그렇지만 사모하며 기도하는 자, 언제나 충만하기를 소원하는 자에게가 아니라 '그분께 순종하는 자'(행 5:32)에게 하나님은 성령을 보내 주신다.

예수님이 걸으셨던 길은 고난의 길이었고 제자라면 가야하는 길이었다. 보통 십자가는 길을 더 멀리 간다고 해서 더 편안해지는 것이 아니다. 그러나 그곳에는 달콤한 열매가 있다. 십자가를 지는 길은 날마다 죽는 길이다. 더욱 깊은 고난을 통하여 더 충만한 축복을 받는다. 하나님은 시련을 주시지만 필요한 은혜도 함께 주신다. 기쁜 일이나 슬픈 일이나 우리는 그것이 하나님으로부터 온 것으로 받아들인다. 영광스러운 부활의 진리를 보면서 우리는 어두움에서 빛이 나오는 것이 하나님의 질서임을 안다.

허드슨 테일러는 평온하고 안락한 삶을 좋아하는 사람으로는 중국을 얻지 못한다고 생각했다. 그리스도를 섬기는 일에는 언제나 그에 상응하는 대가가 필요하다. 그렇지만 현세나 내세에서 받는 보상은 대단히 크다. 십자가를 지는 것은 걱정이나 불안과는 다른 것이다. 하나님은 우리가 그분의 완전한 평화를 누리기 원하신다. 모든 짐을 내려놓고 온전한 공급을 받아 강건하고 행복해야 한다. 하나님의 일에는 참으로 존귀한 보상이 따른다.

디트리히 본회퍼는 '제자의 대가'라는 저서에서 이런 말을 했다. '값싼 은혜는 우리 교회의 치명적인 대적이다. 우리는 오늘 날 값비싼 은혜를 위하여 투쟁하고 있다.' 값싼 은혜란 '회개 없는 용서, 교회의 훈련이 없는 세례, 신앙 고백 없는 성찬, 죄의 고백 없는 사면을 설교하는 것이다. 값싼 은혜는 훈련 없는 은혜이고 십자가 없는 은혜이다.' 본회퍼가 허드슨 테일러의 글을 읽은 적이 있었는지 모르겠다. 그렇지만 그랬다고 하더라도 틀림없이 '값싼 은혜'라는 말을 인용했다고 비난하지 않았을 것이다.

| 허드슨 테일러의 얼굴에 있던 빛 |

허드슨 테일러와 그의 일행이 래머뮤어호를 타고 중국으로 갈 때 바다에서 심한 폭풍우를 만났다. 그 때의 상황을 볼 때 허드슨 테일러는 온유하지만 사람들로 하여금 분발하게 하는 지도자, 실제 소용되는 일을 건전하게 잘 하면서도 확고한 믿음을 가진 사람, 담력과 용기가 있으며 정신적으로나 신체적으로 열심히 일할 준비가 되어 있는 사람이었다. 그런데 동시대 사람들은 허드슨을 어떤 사람이라고 보았는가?

얼핏 짐작할 수 있는 기록을 네 군데에서 찾을 수 있었다. 1874년 허드슨은 척추에 심각한 문제가 생겨서 영국 본부로 돌아와야 했다. 당시 본부는 런던 북부 뉴잉턴 그린의 파이어랜드에 있었다. (그 집은 아직도 그대로 있다.) 그때 C. G. 무어가 그 집을 방문했는데 그의 서재는 책과 짐짝으로 가득했고 벽에도 대충 만들어 붙인 선반에 책이 가득 꽂혀 있었다. 허드슨 테일러는 철로 된 침대에 누운 채 이야기를 나누었는데 무어는 나중에 그 시간이 '황금 같은 시간'이었다고 묘사했다. 테일러는 자기가 기대했던 '위대한 사람'도 아니고 '고결하고 위압적인 분위기를 풍기는 사람'도 아니었다. 오히려 그리스도께서 온유한 자가 땅을 얻을 것이라고 했던 그런 종류의 훌륭함이 그에게 있었다.

두 번째는 유명한 영국 설교가 찰스 스펄전이 1879년 중국으로 돌아가는 길에 프랑스 남부로 찾아왔던 그를 만나고 쓴 기록이다. 테일러는 아직 척추가 완전히 회복되지 않아 절룩거리고 키도 더 작아 보였으며 큰 선교 단체를 이끌 만한 사람으로 보이지 않았다. 자기주장은 하지 않았지만 하나님을 굳게 믿고 있었다. 구체적인 사건에 하나님이 개입해서 도와주실 것에 대해서 너무도 확실히 믿고 있었다. 테일러가 떠난 후, 스펄전은 중국, 중국, 중국이라던 말이 계속 자기 귀에 울렸다고 회상했다.

헨리 프로스트는 1887년 11월, 아직 30세가 되지 않았을 때 처음 허드슨 테일러를 만났다. 그는 당시 하버드 대학을 설립하는데 일조(一助)했던 부유한 미국 가정 출신이었는데 북미에 CIM을 세워야한다는 제안을 하러 영국에 온 것이었다.

파이어랜드에 있는 테일러의 방에 들어가자 일어서서 걸어 나와 맞아 주었는데 프로스트는 나중에 '생각보다 키가 작았고 파란 눈에 금발이었으며 점잖고도 즐거운 목소리였다'라고 회상했다. 또한 '만나자마자 그의 사람됨과 그가 믿는 하나님에 대해서 알 수 있었다. 나는 그렇게 겸손하고 상냥하며 또 그렇게 신적인 고상함을 지닌 사람을 만나 본 적이 없다'고 했다.

그 다음 해 여름 허드슨 테일러는 처음으로 미국을 방문해서 연속 집회를 했다. 애티카에 있던 프로스트 가(家)에서 몇 주간 지냈는데 헨리 프로스트는 그 때를 이렇게 회상했다. '그동안 나는 언제나 테일러를 곁눈으로 지켜보고 있었다. 솔직히 말하면 그는 언제나 나에게 신비로웠다. 부자연스러워서가 아니었다. 오히려 그의 행동은 언제나 그 이상 자연스러울 수 없을 정도로 자연스러웠다. 영적으로도 특별히 다르지 않았다. 언제나 건전하고 분별력이 있는 사람이었다. 그럼에도 불구하고 허드슨 테일러에게는 어떤 경우에든지 놀랄만한 영적인 특성이 있었기 때문에 나는 언제나 새롭고 신기한 경험을 기대하면서 계속해서 그를 지켜볼 수밖에 없었다.'

마지막 기록은 1890년 8월 호주 퀸스랜드에서 찾은 것이다. 테일러는 브리스번 근처에 있는 존 사우디 목사의 집에 머물고 있었다. 사우디는 건강상의 이유로 의사의 충고를 받고 호주로 온 영국 성직자였다. 기차역에서 사람들은 특별한 만남을 기대하면서 줄을 서서 테일러를 기다리고 있었는데, 실제 만나보니 실망스러웠다. 손님을 모시고 집으로 와서 사우디는 살짝 아내에게 '그래도 좋은 사람인 것 같기는 해요.'라고 했다.

허드슨과 몇 마디 하고난 뒤에 사우디 부인은 남편에게만 들리는 소리로 '저 얼굴에 빛이 나는 것 좀 보세요.'라고 했다.

존 사우디는 그 말에 수긍하면서 왜 그런가 생각했다. '그분은 끊임없이 하나님을 향하고 있었고 하나님과 깊이 교제하고 있었다. 그래서 그 얼굴에 하늘의 빛이 있는 것 같았다. 집에 온 지 몇 시간도 지나지 않았는데 실망감은 깊은 경외와 사랑으로 바뀌었다. 그리고 나는 하나님의 은혜가 하실 수 있는 일에 대해서 이전과는 다른 깨달음을 얻게 되었다. 그분은 내가 모셔본 손님 중에서 가장 친절하고 정중하며 사려 깊고 은혜로운 사람이었다. 일상적인 집안일에 즉시로 익숙해졌고 언제나 제 시간에 식탁에 앉았다. 어떻게 하면 수고를 덜 끼칠까를 늘 생각했고 작은 일을 해드려도 금방 알아채고 감사를 표현하였다. 자기 주장 같은 것은 전혀 없이 그분 스스로는 의식하지 않고 있어도 우리는 그에게서 진정한 겸손함을 느끼지 않을 수 없었다.'

내가 믿기에 허드슨 테일러는 중년이 지나면서 아주 심오한 기독교 사상가가 되었다. 그의 사상에 무게가 더해지는 것은 그가 그렇게 살았기 때문이고 그것이 고난의 용광로에서 나온 것이기 때문이었다. 내가 이 원고를 준비하면서 받았던 영감을 예수님을 따르는 사람으로서 또는 여러분이 섬기는 기독교 기관에서 또는 진리를 추구하는 여정에서 여러분도 함께 받기를 기도드린다.

흔들리지 않는 확신

| 첫째에서 다섯째까지의 교훈 |

1 고난 속에서 우리는 쉽고 안락한 평소 생활 속에서는 배울 수 없는 교훈을 배운다. 그것이 하나님께서 우리에게 견디기 어려운 경험을 하게 하시는 한 가지 이유이다.

2 그리스도를 구세주로 받아들이는 것과 주님으로 모시는 것을 구별하는 것은 말이 되지 않는 이야기이다. 그리스도가 주이시면 반드시 그분께 순종해야 한다. 그것은 기독교인의 기본이다.

3 그리스도께서 모든 것의 주님이 아니시라면, 그는 전혀 주님이 아니신 것이다.

(Christ is either Lord of all or He isn't Lord at all.)

4 하나님께서 만민에게 복음을 전하라고 하신 명령(막 16:15)은 휴지통에 버리라고 주신 것이 아니다.

5 그리스도께서 전도하라고 하신 부르심은 안락한 삶을 좋아하는 사람들에게는 위로가 되지 않는 것이다.

| 믿음 생활의 시작 |

1849년 허드슨 테일러가 17세 때, 어머니는 집에서 멀리 떨어져 있는 곳에서 머물고 있던 방의 문을 잠궜다. 아들이 그리스도를 믿도록 해달라고 기도하면서 그 기도가 응답되었다는 확신이 들 때까지 그 방을 떠나지 않겠다고 결심한 것이었다. 물론 허드슨은 모르는 일이었다.

바로 그 날 오후 허드슨은 우연히 전도지 한 장을 읽게 되었고 그 자리에서 무릎을 꿇고 예수님을 구세주로 받아들였다. 난생 처음으로 구세주께서 십자가에서 '다 이루었다'고 외치신 말씀의 중요성을 온전히 깨달은 것이었다. 그때 그는 곧 '갈보리는 죄를 충분하고도 완전히 만족시키는 보상이 됨'을 깨닫고 '죄의 빚을 대신 갚은 분이 계시다. 그리스도가 내 죄를 위해서 죽으셨다'고 기록했다.

그 날은 어머니와 동생의 기도가 응답되어 복음 안에서 회심이 있었던 놀라운 날이었다. 그런데 그것은 시작에 불과했다. 그 후 56년 동안 그 믿음의 삶에는 갈등과 승리, 가슴 아픈 일과 당혹스러운 일이 무수히 있었다.

| 영적 근육 강화하기 |

허드슨 테일러는 회심한지 3년이 되었을 때, 될 수 있는 한 빠른 시일 내에 중국에 선교사로 가라는 부르심을 느끼고 있었다. 그 준비를 하기 위해 그러지 않아도 많지 않은 수입의 2/3를 누군가에게 주면서 될 수 있는 대로 가장 적은 비용으로 생활을 했다. 또한 자기의 '영적 근육'을 강화할 필요를 느끼고 그렇게 하겠다고 결심을 하였다. '중국에 가면 누구에게든지 아무런 부탁도 할 수 없을 것이다. 의지할 대상은 오직 하나님뿐일 것이다. 그러니 영국을 떠나기 전에 기도로 하나님을 통해서 사람을 움직이는 것을 배우는 것이 얼마나 중요하겠는가?'

그래서 하나님과 함께 몇 가지 시험을 해 보았다. 로버트 하디 의사 밑에 있을 때, 하디는 월급날이 되면 자기에게 알려달라고 했지만 허드슨은 이 기회를 이용해서 자기가 말하는 대신 하나님께서 가르쳐 주시도록 기도만 했다. 이것이 곤경을 자초

하기도 했지만 그래도 결국 아슬아슬하게 제때에 월급을 받을 수 있었다. 또한 굶주리고 있는 아일랜드 노동자에게 마지막 남아 있던 돈을 전부 주었는데 하나님께서 다음 날 우편함에 금화가 도착하도록 해 주셨다. 허드슨은 그 사건을 통해서 하나님께서 자신이 걷는 믿음의 길에 상 주심을 느낄 수 있었다.

│ 하나님의 사랑 배우기 │

1853년 허드슨 테일러가 처음 영국을 떠나 중국으로 갈 때 나이가 채 21세도 되지 않았다. '어머니는 여섯 달 동안 내가 머물 작은 선실에 함께 들어가셨다가 나를 축복하시고 배에서 내리셨다. 내가 갑판에 서 있는데 서서히 움직이는 배를 따라 오고 계셨다. 배가 선착장 문을 나서니 완전히 이별이었다. 아들을 떠나 보내면서 어머니가 마음에 느끼셨을 고통의 울부짖음을 나는 결코 잊지 못할 것이다. 그것은 비수처럼 내 가슴을 찔렀다. '하나님께서 세상을 이처럼 사랑하사'하는 말씀의 의미를 그 때처럼 깊이 이해한 적이 없었다. 나의 소중한 어머니도 세상을 향한 하나님의 사랑에 대해서 그때 더욱 깊이 알게 되셨을 것이다.'

'오, 친구들이여! 우리가 시련과 슬픔과 고난 중에서 하나님과 교제하는 자리로 이끌려 갈 때, 우리는 쉽고 안락한 평상 생활 속에서는 배울 수 없는 교훈을 배운다. 그것이 하나님께서 우리에게 견디기 어려운 경험을 하게 하시는 한 가지 이유이다.'

▎순종하라는 명령 ▎

허드슨 테일러는 그리스도를 구세주로 받아들이는 것과 주님으로 모시는 것을 구별하지 않았다. 그는 그리스도가 주이시기 때문에 반드시 순종해야 한다는 것은 기독교인의 기본이라고 생각했다.

그리스도께서 하신 마가복음 16:15절, '너희는 온 천하에 다니며 만민에게 복음을 전파하라.'는 말씀에 대해서 허드슨은 이런 기록을 남겼다. '이 명령을 하신 주 예수 그리스도를 우리는 어떻게 대하는가? 그분을 주님이라는 칭호로 부르고 우리 죄의 형벌을 영원히 담당해 주신 구세주로 기꺼이 인정한다. 그러면서도 우리가 값을 치르고 팔린 존재이고, 우리를 산 그분이 우리에 대하여 절대적인 순종을 요구할 수 있다는 사실은 인정하지 않고 있는 것이 아닌가? 지나치게 많이 요구하지 않는다는 조건 하에서만 그분께 합당한 권리를 인정하지, 그 이외의 일에

39

서는 우리 스스로가 주인이지 않은가?'

'진실한 성도라면 누구나 그러한 진술이 제기될 때 주저 없이 마음속으로 거부한다. 그러나 실제로는 수많은 사람들이 세대를 불문하고 그러한 태도로 살지 않았는가? 그리스도께서 모든 것의 주가 아니시라면 전혀 주님이 아니시라는 진리를 깨닫는 사람이 주의 백성 중에 얼마나 있겠는가?' '너희는 나를 불러 '주여, 주여' 하면서도 어찌하여 내가 말하는 것을 행하지 아니하느냐?' (누가복음 6:46) 잃어버린 세상을 구원하기 위하여 주님의 인정을 받고 그분의 자취를 따르는 것, 그 일을 위해 젊음과 건강을 모두 드리는 것을 우리의 거룩한 야망으로 삼지 않겠는가? 또한 그리스도인으로서 그러한 젊은이들을 격려하는 부모가 되지 않겠는가?'

| 뒤바뀐 비율 |

'모든 족속에게 복음을 전하라는 하나님의 명령은 쓰레기통 속에 버려지는 휴지가 아니다. 언제나 되어야 주님의 백성들이 그 사실을 깨닫겠는가?' 1865년 초, 중국에서 첫 안식년을 맞아 돌아온 허드슨 테일러는 「중국 : 그 영적 필요와 호소」라는 책을 써서 굉장한 영향력을 끼쳤다. 그 글의 한 문단 한 문단을 쓰면

서 그 안에 간절한 기도를 담았다. 안락한 삶을 좋아하는 그리스도인이라면 읽기가 그리 편하지 않을 책이었다.

'영국의 그리스도인들이여! 영국을 오늘날의 영국이 되게 하고 오늘날의 우리를 있게 한 지식, 영국이 그렇게 풍성하게 지니고 있는 그 지식이 없어서 멸망해 가는 이 무리들을 그냥 팔짱끼고 서서 보고만 있을 것인가? 우리 주님이 뭐라고 가르치셨는가? 백 마리 중 한 마리를 잃으면 99마리를 놓아두고 그 한 마리를 찾도록 찾아다닌다고 하시지 않았는가? 그런데 여기는 그 비율이 완전히 뒤바뀌었다. 우리는 한 마리만 데리고 집에 머물러 있고 나머지 99마리는 망하든지 말든지 상관도 하지 않는다.'

'성도들이여, 우리의 대장되신 위대한 주님께서 '너희는 온 천하에 나가 모든 족속에게 복음을 전하라'시던 엄위한 명령을 생각해 보라! 복음을 듣지 못한 가난한 백성이 중국에 수백만 명이 있음을 생각해 보라! 자신을 버리신 주님을 사랑하여 그분을 따라서 그들에게 복음을 전하러 가는 사람이 없었다.'

그 책은 읽을 때 심기가 불편했을 텐데도 베스트셀러가 되었다. 그래서 1887년에는 7번이나 다시 인쇄를 했다.

'왜 빨리 오지 않았어요?'

| 여섯째에서 열두째까지의 교훈 |

6 그리스도인이 깨끗한 양심을 가졌다면 수백만 명이 예수님을 모르고 있는 상황에서 어떻게 자기만 안전하다고 기뻐할 수 있겠는가?

7 양 백 마리 중에서 한 마리를 잃었다면 그 잃은 양을 찾아야 한다.

8 허드슨 테일러는 남녀를 불문하고 신실하신 하나님이 살아계심을 전적으로 확신하고 그분의 약속을 확실히 믿는 사람들과 함께 일하고 싶어 했다. 여성에게도 없어서는 안 될 역할이 있었다.

9 옛 찬송가의 가사와는 달리 복음은 바람에 실려 전해지는 것이 아니다.

10 선교사 지망생이 '정직하게 살'(시84:11) 각오가 되어 있지 않다면 차라리 집에 머물러 있는 것이 더 낫다.

11 복음 전도는 본국에서나 해외에서 초교파적으로 이루어져야 한다.

12 국내나 해외에서 복음 전도는 전략적이고 조직적으로 해야 한다.

| 난처한 질문 |

허드슨 테일러가 1858년 닝보의 브리지 교회에서 설교할 때 면을 취급하던 니용파라는 상인이 청중 가운데 있었다. 그 사람은 우상 숭배와는 관계없는 개혁파 불교도의 수장으로서 진리를 찾고 있었다. 허드슨의 설교가 끝나자 니는 자리에서 일어나 청중을 향해 말했다.

'나는 우리 아버지와 마찬가지로 오랫동안 진리를 찾아다녔소. 먼 곳까지 여행도 했지만 찾지 못했소. 유교, 불교, 도교에서는 안식을 찾을 수가 없었지요. 그런데 오늘 들은 말씀에서 안식을 찾았답니다. 이제부터 나는 예수를 믿겠습니다.'

니용파는 자기가 전에 이끌고 있던 모임에 허드슨 테일러를 데리고 가서 그 사람들의 양해를 얻어 자기가 왜 다른 것을 믿게 되었는지를 설명했다. 테일러는 니가 그렇게 선명하고 능력 있게 말하는 것을 보고 감동했다. 그 모임 안에서 또 한 사람이 믿게 되어 허드슨은 그 두 명에게 세례를 주었다.

'영국 사람들이 복음을 들은 지 얼마나 되었습니까?' 니가 허드슨 테일러에게 물었다.

'몇 백 년 되지요.' 허드슨 테일러는 당황해서 대충 대답했다.

'뭐라고요?' 니는 소리쳤다. '그런데 이제야 와서 우리에게 전했던 겁니까? 우리 아버지는 20년 이상이나 진리를 찾아 헤매다가 찾지 못하고 죽었소. 왜 좀 더 일찍 오지 않았단 말이오?'

그것은 대답하기 어려운 질문이었다.

| 안락한 회중과 갈라선 사람 |

1854년 3월부터 1857년 5월까지 허드슨 테일러는 중국에서 중국 선교회(Chinese Evangelisation Society)의 파송 선교사로 일했고, 1857년부터 1861년 7월까지는 독립해서 개인적으로 선교 활동을 했다.

영국에 돌아와 왕실 외과 대학에서 외과와 산부인과 의사 자격을 획득했다. 그리고 닝보 방언으로 신약을 편집했다. 1865

년 봄 중국 내지에 복음을 전하기 위하여 새로운 단체를 세워야겠다는 생각이 허드슨의 뇌리에서 떠나지 않았다. 몇 달 동안 너무도 많은 염려와 생각이 머릿속에 맴돌아서 제대로 잠을 자지 못했다.

허드슨은 6월 24~26일 주말에 초대를 받아 브라이튼에 가게 되었다. 주일 설교는 감동적이었다. 그러나 '천 명 이상의 성도들이 모여 자기가 받은 안전한 구원에 기뻐하는 모습을 보면서 참을 수가 없었다. 그 지식이 없어서 죽어가는 수백만 명의 사람들이 있기 때문이었다. 나는 영적으로 심한 괴로움을 느끼며 혼자 해변을 거닐었다. 그런데 그곳에서 주님은 나의 불신앙을 다루시어 이 일에 관해서 믿음을 갖게 해 주셨다. 그래서 그 자리에서 하나님께 자신을 드렸다. 하나님의 종으로서 순종하고 따르는 것은 나의 몫이고, 지도하고 돌보며 인도해 주시는 것은 하나님의 몫이니 결과를 포함한 모든 책임은 하나님께서 맡아 주십사고 부탁드렸다. 그리고 '능력 있고 자원하는 일군 24명'을 보내달라고 기도했다. 그들이 새로 설립하는 중국 내지 선교회의 창립 멤버가 될 것이었다.'

허드슨 테일러의 고통은 안락함에 빠져 무관심한 회중과 생생하게 대조가 되었다. 어떻게 보면 그는 그리스도를 섬기려는 온전한 헌신 때문에 무리에게서 동떨어져 있는 사람이었다.

| 함께 헌신할 팀 |

허드슨이 기도했던 '능력 있고 자원하는 일군 24명'은 중국의 각 성에 두 명씩, 그리고 몽골에 2명을 배치하기 위한 숫자였다. 그리하여 모든 성에 선교사가 있도록 하고 싶었다. 그가 처음 CIM 선교사로 요구했던 자질은 다른 선교 단체와 달랐다. 교회 선교 협회나 런던 선교회는 안수 받은 남성, 가능하면 대학 졸업자를 선호했다. 그런데 허드슨 테일러는 그런 사람을 교회 협회에서 데리고 나오지 않도록 조심했다.

그는 이해력이 있고 교육을 받은 남녀를 원했는데 무엇보다 중요하게 생각했던 것은 후보자의 영적인 자질이었다. 정규적인 교육을 적게 받은 사람에게도 문이 열려 있었다. 신실하신 하나님의 존재를 흔들림 없이 확신하고, 그분을 능히 그리고 기꺼이 믿을 수 있는 사람이면 허드슨이 요구하는 영적 자질을 갖춘 것이었다.

여성에게 가르치는 일 외에 다른 사역의 가능성을 열어놓는 단체는 거의 없었다. 그러나 CIM에는 처음부터 여성 사역의 문이 열려 있었다. 그리고 나이가 어릴수록 언어도 더 빨리 배울 것이었다. 여성들은 중국 여성들과 함께 사역할 때 없어서는 안 될 존재들이었다.

신임 선교사들은 허드슨과 마리아 테일러의 지도를 받아야

47

했다. 그들만이 유일하게 중국에서 살면서 사역해 본 경험이 있었기 때문이었다. 대신에 허드슨 테일러는 기본적인 예비 훈련을 시키고 필요한 의복을 제공하였다.

▎하나님의 약속을 신뢰하는 남자와 여자들 ▎

허드슨 테일러가 CIM 멤버로 영입하고 싶었던 사람들은 그의 말을 빌리자면, '같은 믿음을 가진 사람, 교파와는 상관없이 하나님 말씀의 영감을 온전히 믿는 사람, 그리고 오직 성경만을 자신의 보증으로 삼고 중국 내지에 들어가 믿음을 증명하려는 사람'이었다. 예수님은 '너희는 먼저 그의 나라와 그의 의를 구하라, 그리하면 이 모든 것(음식, 의복)을 너희에게 더하시리라.'(마6:33)고 하셨다. 하나님이 하신 말씀을 진리라고 믿지 않는 사람은 믿음을 전하러 중국에 가지 않는 것이 나을 것이다. 만일 그분의 말씀을 진리로 믿는다면, 그 사람에게 필요한 것은 그 약속뿐이다. 그 약속으로 충분하다.

'정직하게 살'(시84:11) 각오가 되어 있지 않는 사람도 본국에 머물러 있는 것이 더 낫다. 정직하게 살 각오를 하고 있다면 재정은 보장된 것이다. 세상의 모든 금은보화와 들의 모든 가축이 전부 하나님 것이다. 우리는 채식주의자가 될 필요는 없다.

'돈이 잘못된 장소에 맡겨진다거나, 잘못된 동기로 주어지는 것은 둘 다 아주 무서워해야 할 일이다. 우리는 주님이 주기로 선택하신 것이면 그것이 아무리 적은 돈이라도 그것으로 충분히 살 수 있다. 그렇지만 성별되지 않은 돈이나 잘못된 장소에 놓여 있는 돈은 가질 수 없다. 그런 돈은 차라리 없는 것이 더 낫다. 왜냐하면 주께서는 중국에서도 까마귀를 보내어 빵과 고기를 보내주실 수 있기 때문이다. 주님은 언제나 신실하시다. 그분은 자기 백성의 믿음을 시험하신다. 아니 오히려 그들의 신실하심을 시험하신다.'

'사람들은 '주여, 우리에게 믿음을 더하소서.'라고 한다. 주님은 제자들이 그러한 기도를 드릴 때 꾸짖으셨다. (눅17:5-6) '위대한 믿음을 가지려고 하지말고 위대하신 하나님을 믿어야 한다. 그러면 너희 믿음이 겨자씨 만큼 작아도 이 산이 들리울 것이다.' 우리는 위대하신 하나님을 믿어야 한다. 그분은 하신 말씀을 지키실 것이고 약속하신 것은 반드시 그대로 이루실 것이다.'

| 독특한 선교회 |

테일러가 의도했던 CIM의 특성은 다음과 같았다. 첫째, 기초적인 교리에 동의하기만 한다면 특정한 교파가 아니라 지도적인 교회들에서 선교사가 나오기를 원했다. 또한 실제로 선교회가 발전하면서 여러 나라에서 선교사들이 들어왔다.

둘째로, 선교사들은 지정된 급료가 없고 자기들에게 필요한 것은 주께서 채워주실 것임을 믿어야 한다. 들어온 돈은 함께 나누어 쓸 것이다. 빚을 지면 안 된다.

셋째, 기금을 후원해 달라고 하지 않는다. 모금을 하면 안 된다. 기부하는 사람의 이름을 알리지 않는다. 대신에 날짜와 번호가 매겨진 영수증을 받을 것인데 그것과 매년 출판되는 헌금내역으로 자기가 낸 후원금을 확인할 수 있다.

넷째, 허드슨 테일러는 처음에 중국 선교 협의회를 통해서 중국에 갔는데 여러 가지 실수를 통해서 배운 것이 있었다. 그래서 해외에서 일어나는 일은 본국 위원회에서가 아니라 자신이나 궁극적으로는 중국의 각 지역에 있게 될 리더가 결정권을 가지도록 정했다.

다섯째, 선교회의 활동은 조직적이고 실제적이 될 것이다. 중국 전체를 복음화 하기 위해서 전략적인 지역에 발판이 되는 기지를 세운다. CIM이 제일 많은 개종자를 확보하려는 것이 아니라 될 수 있는 대로 빠른 시일 내에 중국 전체를 복음화하기 위해서이다. 실제로 곡식을 창고에 들이는 사람이 누구인가는 이차적인 문제로 여길 것이다.

여섯째, 선교사들은 중국 사람들에 대한 예의로 중국옷을 입을 것이며 중국식으로 지은 건물에서 예배를 드릴 것이다.

❘ '바람이 복음을 전하지 못합니다.' ❘

1872년 6월, 테일러는 매년 열리는 마일드메이 집회에서 D. L. 무디와 함께 단상에 서게 되었다. 회중은 서서 힘차게 찬양을 불렀다. '불어라, 바람아! 그분의 이야기가 바람에 날려 전해지도록.' 그리고서 중국 내지 선교회의 창시자가 하는 말을 들으려고 자리에 앉았다. 허드슨 테일러는 장난기 어린 눈을 빛내면서 일어섰다. 그러면서 아주 중요한 점을 지적했다.

'사랑하는 성도 여러분, 바람은 결코 복음을 전해주지 못합니다. 하나님의 복된 사랑 이야기가 세상의 어두운 곳에 전해지기 위해서는 위대한 선교 명령에 순종하려는 우리 같은 사람들이 그것을 들고 가야 하는 것입니다.'

하나님 알기

| 열셋째에서 서른째까지의 교훈 |

13 하나님은 은혜의 하나님이기도 하지만 자연계의 하나님이기 때문에 그분의 길은 항상 질서를 따라 움직인다. 하나님은 언제나 가장 좋은 것을 위하여 한결같은 모습으로 행하신다.

14 현재 이 세상에서는 이해할 수도 없고 알게 되어 있지도 않은 신비가 있다. 그러나 영적인 신비라고 할 지라도 이미 알려져 있고 계시된 것을 우리가 이용할 때, 하나님을 위해서 위대한 결과를 이루어낼 수 있다.

15 성령의 조명을 받아 기록된 말씀을 공부함으로써 하나님을 알 수 있고, 예수 그리스도의 얼굴을 통해서 우리는 하나님을 알 수 있다.

16 그리스도의 부활의 능력을 알기 원한다면 그분의 고난에도 동참해야 할 것이다.

17 우리 속에 심어주신 하나님의 생명을 살아낼 때 비로소 실제로 하나님을 알게 된다. 우리는 경험한 것을 통해서만 알고 이해할 뿐이다.

18 그리스도인은 '천국 복음'의 중요성에 대해서 더 곰곰이 숙고해야 한다.

19 성경은 하나님의 통치 아래 있을 때 받는 즐거운 축복의 이야기로 가득하다.

20 천국의 법은 산상수훈에 쓰여 있다.

21 '하나님을 믿으라'(그리스도께서 마가복음 11:22에 하신 말씀을 허드슨 테일러는 이렇게 직역하였다.)는 말씀은 모든 인간의 필요를 충족시키는 영감 있는 강령이다.

22 우리는 하나님의 신실하심을 붙들어야 하고 매일의 삶 속에서 그것에 의지해야 하며 언제나 그 진리에 충분히 설득되어 있는지 확인해야 한다.

23 우리가 범하는 죄의 뿌리는 대부분 신뢰의 부족에 기인한다. 이것에서 벗어나는 길은 하나님께 의지하고 그분의 신실하심을 주시하는 것이다.

24 하나님을 의지하는 것은 분별이 없거나 무모해도 좋다는 의미가 아니다. 그것은 오히려 모든 긴급한 상황에 준비되어 있어야 한다는 뜻이다.

25 사탄에게도 신조가 있다. '하나님의 신실하심을 의심하라.'

26 위대한 하나님의 인물들은 모두 약한 사람들이었다. 그러면서도 하나님을 위해서 위대한 일을 할 수 있었던 것은 하나님께서 자기와 함께 계심을 믿었기 때문이었다.

27 믿음이란 우리가 함께 일해야 하는 사람들이 믿음직스럽고 신뢰할 만하다고 인식하는 것이다.

28 하나님을 신뢰하는 것이 우리의 영적인 삶에 반드시 필요한 것처럼, 상업과 사업의 세계에서는 서로에 대한 신뢰가 필수불가결한 것이다.

29 주님은 '우리에게 믿음을 더하소서!'(눅17:5)하고 기도하는 제자들을 꾸짖으셨다. 제자들에게 필요했던 것은 위대한 믿음이 아니고 위대하신 하나님을 믿는 것이었다. 그분께서 스스로 하신 약속을 반드시 지키실 것이라고 기대하는 그러한 믿음이었다.

30 성경이 하나님의 말씀이기 때문에 우리는 성경 말씀을 의지한다.

그가 이해한 하나님

허드슨 테일러는 하나님을 믿었다. 많은 위대한 사람들이 그러했듯이 허드슨도 그리스도인은 자기의 믿음보다 하나님의 실재를 더 크게 여겨야 하는 것이라고 믿었다. '위대한 믿음이 아니라 위대하신 하나님을 믿는 것이 필요하다.'고 했다. 그러면 그가 하나님에 대해서 가졌던 개념은 무엇이었는가?

허드슨 테일러는 하나님의 길, 그 특징과 속성을 자기에게 흥미가 있었던 학문의 법칙으로 설명한다. 그는 사람들에게 다음의 세 가지 진술을 결코 잊어서는 안 된다고 강조한다. '하나님이 존재하신다. 그분은 성경을 통해서 우리에게 말씀하신다. 하나님은 반드시 하신 말씀을 이루신다.'

자연 속의 하나님

허드슨은 하나님이 은혜의 하나님임과 동시에 천지만물을 만들어 다스리시는 하나님인 것을 강조했다. 그렇기 때문에 하나님이 행하시는 일은 어느 것 하나 독단적인 것이 없다. '완전한 지혜와 완전한 선의 모든 행동과 요구조건은 필연적으로 지혜롭고 선한 것이다. 하나님은 언제나 가장 좋은 방식으로 행하시기 때문에 같은 상황에서는 언제나 같은 방식으로 행하신다. 자연을 다스리는 위대하신 분이 누구인지 모르는 이들 중에도 많은 사람이 그 자연이 한결 같은 방식으로 운행되는 것은 알아본다. 그런 사람들은 하나님이 일정한 방식으로 자연을 운영하신다고 하지 않고 자연의 법칙이 일정하다고 표현한다. 그렇지만 제대로 표현하자. 자연의 법칙은 하나님이 정해 놓으신 것이다. 제대로 된 집이라면 초인종이 울릴 때 나가서 문을 열어준다. 문이 법칙에 의해 열린다는 생각은 완전히 잘못된 것이다. 그렇다. 참새 한 마리도 '아버지의 허락이 없이는 땅에 떨어지지 않는다.'

'하나님을 아는 우리들, 그분의 자녀인 우리들은 불 위에서 물을 끓게 하고, 엔진의 증기를 그렇게 대단한 힘으로 팽창하게 하는 분이 변하지 않는 우리의 하나님이심을 기억하는 것이 좋을 것이다.'

바로 그분이 전기가 언제나 동일하게 움직이도록 하신 것을 이용해서 우리는 그것을 유익한 전보로 사용할 수도 있고 같은 전기 때문에 벼락을 맞아 죽을 수도 있다.

'중력의 법칙도 그분이 행하시는 일이 한결 같기 때문에 우리가 인식하는 것이다.'

| 은혜의 하나님 |

'하나님께서는 은혜의 영역에서도 한결 같고 주권적이시다. 그분의 주권은 변덕스럽거나 독단적이지 않다. 하나님께서 어떻게 행동하시는지는 자연계 속에서나 영적인 일을 살펴보면 대충 알 수 있다. 그분의 법칙 중 어떤 것은 성경 말씀에 명백히 계시되어 있고 또 다른 것은 말씀 속에 기록되어 있는 행동을 통해서 알 수 있다. 그 무엇보다도 최선의 길은 성령의 조명을 통하여 기록된 말씀을 연구함으로써 하나님을 알고 사랑하며 경외하는 것이다. 또 특별히 예수 그리스도의 얼굴에서 그분을 볼 수 있다.'

'자연계에서 보이는 것처럼 연약한 인간의 한계를 넘어선 신비가 많이 있다. 영적인 일도 지금 여기에서는 알 수 없는 것이 있고, 아직 계시되지 않은 부분도 있다. 그렇지만 이미 계시되어 있고 자연을 통해서 알 수 있는 것만 활용하더라도 대단한 것을 성취해 낼 수 있다. 말이 만 마리가 있어도 런던에서 글라스고우까지 일주일 안에 짐을 운반하지 못하는데, 기차를 이용하면 그것이 반나절이면 가능하다. 짐꾼 만 명이 런던에서 상하이까지 한 달 안에 전하지 못하는 소식을 전보를 통해서는 몇 시간 안에 전할 수 있다. 영적인 일도 마찬가지이다. 아무리 노력을 많이 기울이고 좋은 조직을 만들어도 영적인 능력이 없으면 열매를 거둘 수 없다. 영적인 열매는 하나님의 뜻이 이끄시는 대로 따라가고, 그분이 지시하시는 것을 그분의 방식대로 할 때 쉽게 거둘 수 있는 것이다.'

| 실제적인 지식 |

허드슨 테일러는 언제나 기독교 진리를 지적으로 이해하는 것과 그것을 실제적으로 우리의 일상 속에 적용하는 일 사이를 연결시켰다. 그래서 이렇게 말했다. '하나님을 아는 지식과 그 지식을 실제로 사용하는 것 사이에는 우리가 실감하는 것보다 훨씬 더 가까운 연관성이 있다.'

요한복음 17장 3절 '영생은 곧 유일하신 참 하나님과 그의 보내신 자 예수 그리스도를 아는 것이니이다.'를 설명하면서 테일러는 '그분이 우리 안에 심으신 생명을 신실하게 살아낼 때, 그리고 깨닫게 하신 지식을 충성스럽게 사용할 때, 그만큼 하나님을 실제적으로 알게 되는 것이다. 이 두 가지는 떼어놓을 수 없다. 우리가 그분의 부활의 능력을 알기 원한다면 그분의 고난에 동참하고 그 죽음에 동화된 삶을 실제로 살아보아야 한다. 하나님의 생명을 살아내야 그분을 더 충만하고 완전하게 배워 알 수 있을 것이다. 우리의 지식과 이해는 우리가 겪어 본 경험

의 한계를 넘어가지 못한다.'

| 천국(하나님이 통치하시는 왕국–역주)의 복음 |

허드슨 테일러는 자기 시대에 '천국의 복음'이라는 말을 거의 쓰지 않는 것에 대해서 유감스러워했다. 혹시 그 말을 쓴다고 해도 그저 무의미한 단어의 나열에 지나지 않았다. 반면 성경에는 하나님께서 통치하시는 곳에 축복과 기쁨이 임한다는 말씀이 무수히 기록되어 있다. 허드슨은 아마도 예수님이 가르치시던 천국을 사람들이 미래의 일로만 잘못 적용하고 있다고 지적하는 것 같다.

'그러므로 우리는 주 예수님이 왕이 되신다는 위대한 진리를 소중히 여기고 묵상하며 그 말씀에 의지하여 행동하자.'

'구약뿐 아니라 신약도 많은 예로 그 말씀을 입증하고 있다. 천사가 그분의 탄생을 예고하면서 이렇게 말했다.' ' ~ 주 하나님께서 그 조상 다윗의 왕위를 그에게 주시리니 영원히 야곱의 집을 왕으로 다스리실 것이며 그 나라가 무궁하리라.' (눅 1:32, 33)

주님은 자신이 어떤 분이신지 빌라도에게 이렇게 증언하셨다.

'내 나라는 이 세상에 속한 것이 아니다…'

'그러면 네가 왕이 아니냐?'

'내가 이를 위하여 태어났다…' (요한복음 18:36, 37)

'왕으로 다스리기 위해 태어나셨고 지상에 사시는 동안 시종일관 그렇게 사역하셨다. 그분은 왕의 권위를 가지고 제자들을 부르셨고 제자들은 소유와 직업을 다 버리고 그분을 따랐다. 그분은 왕으로서 산상 수훈이라는 천국의 법칙을 세우셨다. 그리고 왕으로서 천국 복음을 전하라고 당신의 대사들을 파견하셨다. 희생의 죽음 전에도 그분은 왕의 위엄을 보이셨고, 십자가 위의 명패도 유대인의 왕이었으며 그 후에도 왕과 구주로 부활하셨다.'

▎하나님의 신실하심을 붙들라▎

오늘날, 믿음이란 어리석은 사람들이 맹종하는 것이기 때문에 의식 있는 성년에게는 부적합한 것이라고 간주하는 사람이 많다. 반면 성경은 믿음을 어두움 속으로 들어가는 것이 아니라 하나님의 빛과 진리 안으로 걸음을 내딛는 것이라고 묘사한다.

마가복음 11:22에서 예수님은 제자들에게 '하나님을 믿으라.'고 하시면서, '만일 이 산더러 들리어 바다에 던져지라 하고 그 말하는 것이 이루어질 줄 믿고 마음에 의심하지 않으면 그대로 되리라'고 하셨다. 희랍어 원문과 다른 관련된 구절을 잘 비교해 보고 나서 허드슨은 이 '하나님을 믿으라!'는 말씀을 '하나님의 신실하심을 붙들라!'는 말씀으로 표현했다.

로마서 3:3이 킹제임스 역본에 '하나님의 믿음'으로 번역된 것을 보아서 허드슨 테일러는 '하나님의 믿음'이 명백하게 그분의 신실하심 (한글 역은 미쁘심; 역주)을 의미한다고 해석했다. 한 세기 후에 나온 NIV 성경에도 정확히 그 단어를 사용하였다.

신중한 성경 해석으로부터 실제적인 적용으로 이어지는 허드슨의 특징이 이번에도 아주 인상적인 문장으로 표현된다. 마가복음 11장 22절에 각주를 달면서 '붙들다(hold)'로 번역된 동사가 마태복음 21:26에서는 (요한을 선지자로) '여겼다(count)'는 단어로 표현 되었고, 누가복음 20:6절에는 또 다른 희랍어가 사용되었는데 (요한을 선지자로) '인정했다(persuaded)'로 되어 있다. 우리는 하나님이 신실하심을 이론적으로 붙들고, 매일의 삶에서 그렇게 여기며, 언제 어느 상황에서나 이 복된 진리를 완전히 인정하도록 하자.

▌영감 있는 강령 ▌

허드슨 테일러에게는 '하나님의 신실하심을 붙드라'는 말이 '짧고 알기 쉬우며 요령 있게' 표현된 영감 있는 강령이었다. 그것은 사람에게 필요한 모든 것을 채워주는 말씀으로 어느 나라, 어떤 환경에서 사는 사람에게든지 그 연령을 불문하고 적용이 되는 말씀이었다. 신실하신 하나님을 믿는 것은 인간의 모든 한시적인 사건에 영향을 미치는 것이며 인생의 영적인 결핍을 전부 채워주는 것이다.

'필요한 양식을 구하면서 – 우리에게 일용할 양식을 주옵시고 –그분의 신실하심에 기대야 한다. 들의 백합을 입히시는 그분께 우리의 의복을 달라고 구해야 한다. 모든 염려를 그분께 가져와 맡기고 아무 것도 염려하지 말아야 한다. 우리에게 영적으로 필요한 것이 있을 때도 마찬가지로 '긍휼하심을 받고 때를 따라 돕는 은혜를 얻기 위하여' 그분께 나와야 할 것이다. 우리의 길이 어두운가? 그분이 우리의 태양이시다. 위험에 빠져 있는가? 그분이 우리의 방패이시다. 그분을 신뢰하면 부끄러움을 당하지 않을 것이다. 우리의 믿음이 약해질 때라도 그분은 저버리지 않으신다.' '우리는 미쁨이 없을지라도 주는 항상 미쁘시다.'(딤후 2:13)

'우리가 짓는 죄나 연약함의 뿌리는 대부분 신뢰의 부족으

63

로 인한 것이다. 어떻게 그러한 상태에서 벗어날 수 있는가? 그분을 바라보고 그분의 신실하심을 주시하면 된다. 어두운 호수면의 빛이 태양 빛의 그림자인 것처럼, 인간의 믿음은 하나님이 가지신 믿음의 흔적이며 그림자이다. 하나님의 신실하심을 붙든다는 것은 저돌적이고 무모한 것이 아니고 모든 비상사태에 대비되어 있다는 의미이다. 하나님을 믿는 사람은 불리하게 보일 때에라도 대담하게 순종할 수 있다.'

인생에게 강령은 꼭 필요한 것이지만, 사탄도 사람들에게 주입시키려고 가지고 있는 강령이 있다고 허드슨은 경고했다. '하나님의 신실하심을 의심하라. 정말로 하나님이 말씀하셨나? 하나님이 그렇게 하라고 명령하신 것 맞아? 아마 꼭 그러라고 하지는 않으셨을 거야. 너무 극단적인 견해이지. 말씀을 너무 문자적으로 받아들이는 것 아니야?' 오, 사탄이 얼마나 지속적으로, 그리고 성공적으로 하는 그런 주장에 넘어가서 전심으로 하나님을 신뢰하고 전심으로 헌신하지 못하게 되는지! 슬픈 일이 아닐 수 없다.

'하나님을 위해서 큰일을 한 사람들은 모두 약했음에도 불구하고 하나님께서 자기와 함께 계신 것을 믿었기 때문에 하나님을 위해 위대한 일을 이룰 수 있었다.'

| 믿음이란 무엇인가? |

허드슨 테일러 생각에 자신을 비롯하여 신자들은 믿음을 필요 이상으로 어려운 것으로 생각하고 있었다. '무엇이 믿음인 가? 그것은 단순히 우리와 관련된 대상이 신뢰할 만하고 믿음 직스럽다는 것을 깨닫는 것이 아닌가? 우리는 왜 정부 채권을 사는가? 우리에게 정부에 대한 믿음이 있어서이다. 사람들은 정부의 유가증권을 망설임 없이 믿고 산다. 정부가 그것을 보증 해 줄 것이기 때문이다.'

'중국에서는 거래를 할 때, 순은인지 검사해 보고 그 은의 무 게를 달아서 협상을 하지만, 우리는 거래에 화폐를 사용한다. 정부가 발행한 화폐를 믿을 수 있기 때문이다.'

'나는 뉴질랜드건 미국이건 여행할 때 몇 달씩 장기간 걸리 는 여행도 철도 안내서를 보고 일정을 짠다. 이런 공공 기관에 서 내는 책자를 신뢰하기 때문이다. 그렇게 할 때 거의 대부분 실수하지 않는다.'

'우리가 철도 안내서를 사용하듯이 우리는 성경을 사용해야 한다. 사람이 하는 말을 믿고 그 말대로 하듯이 하나님의 말씀 을 믿고 따라야 한다. 사람은 경우에 따라서 자기 약속을 지킬 수 없지만 하나님은 언제나 말씀하신 것을 반드시 이루시는 분 이심을 기억하면서… 우리가 서로 믿고 살듯이 하나님에 대해서도 같은 믿음을 가지고 행동해야 한다. 서로 믿지 못하면 세상에서 거래가 이루어지지 않는다. 하나님께 대한 믿음도 마찬가지로 없어서는 안 되는 것이다.'

'믿음에는 두 가지 측면이 있다. 하나님을 향한 측면과 사람을 향한 측면이다. 우리가 하나님의 신실하심을 충분히 인식할 때 하나님께서 당신의 말씀을 성취하실 것이라는 확실한 믿음 안에서 안식할 수 있다.'

하나님의 방법대로 하는 하나님의 일

| **서른한째**에서 **서른아홉째**까지의 **교훈** |

31 우리가 예수님의 지시를 받으려고 한다면, 그리고 그분이 제자들에게 주신 확신을 더욱 확실한 우리의 안내 지침으로 삼으려고 한다면 그것이 예수님 당시의 사람에게 적합했듯이 현대인에게도 부합함을 발견해야 한다.

32 중국 내지 선교회는 재정 후원 요청을 하지 않았다. 지도자들이 이미 있는 선교 단체에 갈 돈이 CIM으로 들어올 것을 염려했기 때문이었다.

33 허드슨 테일러는 다른 선교 단체의 재정 원칙에 대해서 공격하거나 비판한 적이 없고 CIM의 정책이 더 성경적이라거나 더 낫다고 주장한 적도 없다.

34 사람들이 하나님의 일하심을 본다면, 하나님께서 영광을 받으신다면, 성도들이 더욱 거룩해지고 행복해지며 그분께 더 가까이 간다면, 그 이상 무슨 도움이 더 필요하겠는가?

35 '모금하지 않는 원칙'이 있었기 때문에 선교사들은 말씀을 전하는 모임에서 재정적으로 어떤 결과가 있는지에 대해서 걱정할 필요가 없었다.

36 그리스도인은 '먼저 하나님의 나라와 그의 의를 구하기만' 하면 된다.(마6:33) 그러면 자기에게 필요한 모든 것을 공급받을 수 있을 것이다.

37 자기가 필요한 것을 기도로 받으려고 하는 사람은 시편 66:18절, '내 마음에 죄를 품으면 주께서 듣지 않으시리라.' 또는 시편 84:11, '그 행위를 옳게 하는 자에게 모든 좋은 것을 아끼지 않으실 것임이라.'는 성경 말씀을 진지하게 생각해야 할 것이다.

38 필요한 기금을 절대로 모금하지 않는 기독교 단체의 책임자는 반드시 정기적으로 하고 있는 사역 가운데 하나님의 축복과 공급을 가로막는 점이 없는지를 체크해야만 할 것이다.

39 하나님의 방법으로 하는 하나님의 일에는 절대로 하나님의 공급이 부족하지 않을 것이다.

| 앙망할 분은 오직 하나님 |

허드슨 테일러는 하나님께서 자신에게나 자기가 세운 선교회에 필요한 것을 반드시 주실 것이라고 믿었다. 이러한 믿음을 신앙 생활의 초창기 때 부터 갖고 있었다. 허드슨은 1849년 반슬리 교회 목사님이 중국에 대한 책을 한 권 가지고 있다는 말을 듣고 그것을 빌리려고 했다.

'물론 빌려 줄 수 있지. 그런데, 왜 그 책에 관심이 있는 거지?'라고 묻는 목사님께 허드슨은 '하나님께서 저를 평생 중국 선교사로 헌신하라고 부르셨어요.'라고 대답했다.

'그런데 중국에 가서 어떻게 살려고 하지?'

'잘 모르겠어요. 그렇지만 아마도 12제자나 70인의 제자들이 유대 땅에서 지팡이나 가방이나 식량이나 돈 없이 다니면서 자기들이 필요한 것을 자기들을 보내신 분이 다 채워주실 것이라고 믿었던 것 같이 살아야겠지요.'

목사님은 부드럽게 허드슨의 어깨를 잡았다.

'오, 네가 나이가 더 들면 더 지혜로워질 거야. 그런 생각은 예수님이 지상에 계실 때나 가능한 이야기지. 지금은 아니고.'

그로부터 몇 년 후, 허드슨은 당시의 일을 회상하며 이렇게 말했다. '나는 그때로부터 나이가 더 들었지만 그분이 말씀했던 것처럼 더 지혜로워지지는 않았다. 오히려 더더욱 확신하게 되었다. 우리가 예수님의 지시를 받으려고 하고, 그분이 첫 제자들에게 주신 확신을 더욱 확실한 우리의 안내 지침으로 삼으려고 한다면 그것이 예수님 당시의 사람에게와 마찬가지로 현대인에게도 부합함을 발견해야 한다.'

| '재정 후원 요청을 하지 않는' 정책 |

허드슨 테일러가 재정 후원 요청을 하지 않는 정책을 채택했던 이유 가운데 하나는 기존 선교 단체에 가려던 돈이 CIM으로 들어올 것을 염려했기 때문이었다. 조지 뮐러는 가깝게 지내던 친구이고 CIM을 후원하던 사람이었다. 조지도 마찬가지였지만 허드슨은 다른 선교 단체의 재정 원칙에 대해서 공격하거나 비판한 적이 없었고 CIM의 정책이 더 성경적이라거나 더 낫다고 주장한 적도 없었다.

허드슨 테일러는 이렇게 믿었다. '만일 우리의 마음이 바르다면 오순절 날 그러했듯이 성령께서 우리를 사용하셔서 다른 사람을 하나님과 더 깊은 교제를 나누는 자리로 인도하실 수 있다. 우리는 CIM에 대해서 많은 말을 할 필요가 없다. 그저 사람들로 하여금 하나님께서 하시는 일을 보도록 하사. 하나님께서 영광 받으시고 성도들이 더 거룩해지고 더 행복해지게 하며 사

람들이 그 분께 더 가까이 이끌리는 일에만 몰두하자. 그러면 도움을 요청할 필요가 없을 것이다.'

다니엘 베이컨은 '믿음에서 믿음으로'라는 저서에서 '재정 모금을 하지 않는 정책은 부분적으로는 헌신적으로 헌금을 하려는 사람이 헌신적으로 그 일을 할 수 있도록 돕는 일이 되기도 한다. 그리고 선교사들은 자기가 말씀을 전하는 모임에서 재정적으로 어떤 결과가 있을지에 대해서 걱정을 하지 않아도 되었다.' 테일러가 묘사한 대로 '그렇게 할 때 선교사는 그 영이 자유로워져서 사람보다 하나님께 더 집중하게 되고, 얻으려고 하기보다 더 열정적으로 주려는 생각을 하게 된다.'

▮즉석 헌금 하지 않기 ▮

테일러는 자신이 말씀을 전하는 집회에서 집회를 주관하는 사람들이 그 자리에서 헌금 시간을 가지려는 것을 막은 적이 여러 번 있었다.

예를 들어 허드슨은 1866년 5월, 런던 북부의 토터리지에서 말씀을 전하고 있었다. 그 모임에는 '헌금 시간'이 없다는 광고가 있었다. 그런데 테일러가 말씀을 마쳤을 때 모임의 주관자였던 푸젯 소령이 이것을 번복하려고 했다.

71

'이 자리에서 중국 사역을 위해서 공헌할 기회가 주어지지 않는다면 언짢아하실 분이 많으실 것 같습니다. 테일러씨도 지금 헌금하는 시간을 갖는 일에 대해서 반대하지 않으시리라고 믿습니다.'

그러나 테일러는 재빨리 일어서서 말했다.

'소령님, 원래 하지 않기로 했던 약속을 지켜주셨으면 합니다. 즉석에서 헌금을 하지 않는 이유 가운데 제일 큰 이유는 헌금 이전에 먼저 여러분 자신을 드렸으면 하기 때문입니다. 여기 계신 분 가운데 이곳 분위기에 이끌려 지금 헌금하고 나서 모든 짐을 벗어버리실 수 있습니다. 그보다 더욱 제가 소원하는 것은 중국의 필요를 무거운 짐으로 지고 집에 돌아가서 하나님께 그들을 위해서 무엇을 하기를 원하시는가 물으셨으면 좋겠습니다.'

'많이 생각하고 기도해보고 나서 그 선물이 하나님께서 드리기 원하시는 것이라는 만족스러운 확신이 있으면 어떤 선교 단체라도 중국을 위해서 사역하는 곳에 보내시면 되겠습니다. 런던에 있는 CIM 사무실에 보내셔도 좋고요.'

'그렇지만 많은 경우, 하나님께서는 헌금보다 해외 선교 사역을 위해서 사람을 드리는 것을 더 원하십니다. 그분의 사역을 위해서 은이나 금보다 소중한 아드님이나 따님을 포기하는 것을 원하실 수도 있습니다. 헌금은 돈이 가장 중요하다는 인상을 줄 수 있습니다. 그러나 아무리 돈이 많다고 해도 그것으로는 한 영혼도 구원할 수 없습니다. 성령으로 충만한 사람들이 실제로 가서 사역하는 것이 필요합니다. 그러한 사람들을 후원하는 기금은 절대로 부족하지 않습니다.'

푸젯 소령은 내키지는 않았지만 헌금 시간을 포기했고 테일러는 그날 밤 소령 집에 머물렀다. 다음 날 아침 소령이 늦은 시간에 아침을 먹으러 내려왔는데 자기가 잠을 이룰 수 없었다는 것이었다.

'여기 어제 밤에 테일러씨의 중국 사역을 위해서 써달라고 받은 헌금들 받으세요. 어제 저는 헌금 시간을 갖지 않은 것이 잘못이었다고 생각했는데, 제 생각이 틀렸고 선교사님 생각이 옳았어요. 어제 밤늦게까지 중국에 있는 영혼들을 생각하면서 '주님, 제가 어떻게 하기를 원하십니까?'하고 부르짖을 수밖에 없었습니다. 이것은 하나님께 응답을 받고 드리는 것입니다.'

푸젯 소령은 500파운드를 주었다.

'어제 헌금 시간이 있었다면 그저 몇 파운드밖에 드리지 않았겠지요.' 500파운드는 지금 가치로 치면 만 파운드는 족히 되는 액수였다.

그로부터 20년이 더 지난 1888년 9월, 허드슨 테일러는 미국 시카고의 YMCA 강당에서 같은 사건을 만나 똑같이 용감하게 헌금 시간을 거절했다. 이번 집회의 책임자는 세계적인 전도자

73

D. L. 무디였다. 허드슨 테일러는 런던에서 했던 이유를 대며 헌금을 말렸다. 무디는 많이 모금을 할 수 있는 상황에서 그렇게 하지 않겠다고 한 사람은 허드슨 테일러가 처음이었다고 감탄했다.

이 사건에도 후속 이야기가 있다. 한 기독 실업인이 헌금하려고 했던 20달러가 자기 지갑에 그대로 남겨진 것에 기뻐하며 모임 장소를 떠났다. 그런데 그날 밤 양심이 불편해서 잠을 잘 수 없었다. 그래서 중국 내지에서 복음 전하는 일에 써 달라고 500달러 수표를 보냈다.

| 모험적인 실험 |

CIM 설립 22주년이 되던 1887년, 테일러가 회상해보니 하나님께서 오직 기도를 통하여 선교회의 재정을 신실하게 채워주셨다. 사람들은 그렇게 먼 이방 지역에 '오직 하나님만을 바라보며' 전도자를 보낸다는 것을 '모험적인 실험'으로 보았고 허드슨도 그 사실을 인정했다.

그런데 「중국의 영적 필요와 권리」에 실린 글을 보면 허드슨은 '하나님께서 기도의 응답으로 불어오는 폭풍을 잠잠하게 하고 바람의 방향을 바꾸며 오래된 가뭄에 비를 주시는 것을 보았다. 하나님께서는 기도의 응답으로 노한 감정과 포악한 사람들의 살의를 진정시켰으며 자기 백성의 대적이 꾸미는 사악한 간계를 무(無)로 만드셨다. 인간이 아무 도움이 되지 못할 때 하나님께서 기도를 들으시고 죽은 자를 살리시는 것을 볼 수 있었다.

하나님께서는 이제껏 개인에게 필요한 것이든 사역하기 위해 필요한 돈이든 신실하게 필요한 것들을 공급해 주심으로 당신의 신실하심을 증명해 주셨다. 기도에 대한 응답으로 하나님께서는 그 광대한 선교지에 일꾼들을 보내 주셨다. 그들에게 먹을 것, 입을 것, 교통비도 주시고 그 외 필요한 것들을 주셨다. 그리고 많은 일꾼들의 수고를 통하여 전체 18개 중 14개의 성에서 믿는 사람이나 안 믿는 사람들을 막론하고 모두에게 축복을 내려 주셨다.'

❙ 우리의 회계 담당, 위대하신 그 분은 결코 실수가 없으시다. ❙

1894년에 있었던 청일 전쟁의 영향으로 세금과 인플레이션 비율이 급등했다. 이 일 때문에 곤란한 문제가 발생했다. 마련된 기금으로 일을 시작했지만 도중에 화폐가치가 떨어지니 끝

내기가 어려웠다. '여러분에게는 어떤 경우에라도 청구할 수 있는 권리가 있습니다. 외람된 표현 좀 해도 될까요? 재정을 담당해 주시는 존경하는 우리 주님께 말입니다. 그분은 우리가 필요한 것을 거절한 적이 없으십니다. 앞으로도 그럴 것입니다. 중국에서 생활비가 치솟고 있고 공급해 주어야 하는 사람도 늘어가고 있습니다. 그러나 위대하신 우리 하나님의 한없는 자원은 결코 줄어드는 법이 없기 때문에 우리는 영원히 변함없는 하나님의 말씀을 확실히 믿으며 의지합니다. 우리는 무엇보다도 '먼저 그의 나라와 그의 의를 구해야 합니다.' 그리하면 이 모든 것을 더하실 것입니다.'

| 어려운 시기에 얼마나 어려웠는가? |

CIM이 긴축 재정을 해야 했던 때가 없었던 것은 아니다. 예를 들어 1874년에서 75년에 신임 선교사 18명을 달라고 호소했을 때, 1882년 '70명 사역자'를 위해 기도했을 때, 그리고 1892년 선교회의 운영 때문에 내부에서 말다툼이 있었을 때 CIM의 믿음은 철저히 시험대에 올랐다.

이 긴축의 시기는 얼마나 심각했고 그때 어떤 식의 어려움을 겪었는가? CIM의 한 후원자가 선교사들이 너무 가난해서 사역도 포기하고 세속 직업을 찾아야 했다는 이야기를 들었는데 어찌 된 일이냐고 편지를 보내 왔다.

허드슨 테일러는 곧 답장을 보내면서 그 말을 전해 준 사람에게도 반드시 자기 이야기를 전해달라고 했다. '그분이 완전히 잘못 생각한 것입니다. 우리 선교회와 관련된 선교사의 아이들이나 가족 중에 음식이나 의복이 부족한 적이 한 순간이라도 있었다고 생각하지 않습니다. 물론 꼭 필요했던 그 시간보다 이전에 오지 않은 경우는 있었을 수 있습니다. 그러나 기금이 부족해서 일을 하지 못한 경우는 한 번도 없습니다. 단 한 사람도 재정 때문에 건강이 상하지 않았습니다. 아무도 재정이 부족해서 선교회를 떠나지 않았습니다. 제가 알기로는 재정 문제로 불만을 가진 채 남아 있는 사람도 없습니다…'

허드슨은 '긴축의 시기'가 있었다고 인정은 했지만 그때는 오히려 중국인들이 부유한 선교회가 다 할 수 있다고 생각하지 않고 복음을 전하기 위하여 자기들이 돈을 내는 계기가 되었다고 반박했다. 그러면서 선교회를 떠난 사람들에게 어떤 이유가 있었는지를 설명해 주었다. 그 어떤 경우도 재정 때문은 아니었다. 그 후원자는 다시 후원을 계속했다.

허드슨 테일러는 동료 선교사들에게서 대체로 끝까지 계속해서 충성과 지지를 받을 수 있었다. 그 역경이 감당할 수 없을 만큼 지나친 것은 아니었던 것이다. 또 CIM이 팀으로서 한 마음으로 그 어려운 시기를 극복했던 것은 하나님께서 공급을 중단하신 것이 아니고 자기들의 믿음을 시험해 보신 것이라고 믿었기 때문이었다.

| 살아계신 하나님을 앙망하기 |

늘 기금이 지출을 따라잡지 못할 때에라도 허드슨 테일러는 하나님의 뜻이라는 확신만 있으면 사역의 확장을 내다보았다. '앞으로 나아가지 않는 것'은 처음에 붙잡았던 믿음의 위치에서 후퇴하는 것이라고 했다. 그것은 살아계신 하나님 대신에 어려움을 바라보는 태도였다. 사실 수 년 동안 기금이 적었던 것은 사실이었다. 본국에서는 지원하는 일군이 적었고 중국에서는 몇 명이 선교회를 탈퇴했다.

만만치 않은 어려움이었기 때문에 '이 모든 상황을 볼 때 현재로서는 더 이상 확장이 불가능하다'고 말하기가 쉬웠다. 그런데 앞을 향해 나아가지 않는 것은 하나님께서 주신 기회를 내버리는 것이 될 것이었다.

허드슨 테일러나 조지 뮐러는 모금을 하지 않는다는 원칙을 가지고 있었다. 우선 날마다 성경 말씀을 진지하게 읽으며 자신의 삶을 살폈다. 시편 66:18 '내가 나의 마음에 죄악을 품었

더라면 주께서 듣지 아니하시리라.' 시편 84:11 '정직하게 행하는 자에게 좋은 것을 아끼지 아니하실 것임이라'와 같은 말씀을 의지했다. 그리고 자기들이 하는 일 가운데 하나님의 축복과 공급하심을 방해하는 요소가 없는지 점검하였다.

다니엘 베이컨도 테일러의 철저한 청지기 정신에 대해서 '허드슨은 교회에서 받는 모든 선물이 하나님께서 주신 감동으로 온 것임을 믿었다'는 말로 표현했다.

| 하나님과 동역하기 |

허드슨 테일러는 '하나님과 함께 일한다'고 하는 원칙을 강조하는 글을 많이 썼다. 이 원칙에는 두 가지 중요한 요소가 들어 있다. 한 편으로는 하나님의 능력이고 다른 한 편으로는 우리가 당면한 일을 할 때 실제로 그 능력을 믿어야 한다는 것이다. 빌립보서 4:6절 말씀도 자주 인용했다. '아무 것도 염려하지 말고 다만 모든 일에 기도와 간구로, 너희 구할 것을 감사함으로 하나님께 아뢰라.'

허드슨은 이렇게 말했다. '만일 그 일이 하나님의 명령인 것이라면 그 일을 맡은 일꾼으로서 완전히 신뢰하면서 그분께 나갈 수 있다. 하나님께서 일꾼을 보내신 것이면 그에 상응한 필

79

요를 채워 달라고 그분께 나갈 수 있는 것이다. 우리는 기금이 있든 없든 언제나 합당한 일꾼을 받아들인다.' 그리고 이렇게 말한다. '친구여, 이제 당신이 처음으로 할 일은 중국에 갈 수 있는 돈을 보내달라고 우리와 함께 기도하는 것입니다.' 돈이 채워지고 때와 상황이 맞아지면 그 친구는 나간다. 중국에 도착했을 때 그에게 줄 돈이 수중에 없어도 기다리지 않는다.

우리 아버지는 경험이 있는 노련한 분이시다. 당신의 자녀가 아침마다 일어나면 배가 고픈 것을 잘 아시기 때문에 아침을 먹게 해 주시며 저녁을 굶기고 잠자리에 들게 하지 않으신다. 그분은 이스라엘 백성 300만 명을 광야에서 40년 동안이나 먹이셨다. 그분께서 중국에 선교사로 300만 명을 보내지는 않으실 것이다. 그러나 만일 보내신다고 해도 그들이 먹고 살 수 있도록 충분히 공급해 주실 것이다. 하나님을 눈앞에 모시고 살자. 그분의 길을 따라 행하며 범사에 그분을 기쁘시게 하고 그분께 영광을 돌리도록 하자. 염려 말라. 하나님의 뜻대로 하는 일에 결코 공급하심이 부족하지 않을 것이다.

공급되지 않으면 질문을 할 때이다. '무엇이 잘못 되었는가?' 어쩌면 단지 일시적으로 믿음을 시험하는 경우일 수도 있다. 믿음이 있으면 시험을 견딜 것이고, 그렇지 않다고 해도 속아서는 안 된다. 수중에 돈이 있고 찬장에 음식이 있으면 자기에게 믿음이 있다고 생각하기가 쉽다. 미스 해버걸은 이렇게 말했다. '그분을 온전히 믿는 사람은 그분이 온전하신 것을 알게 된다.' 그런데 내 경험으로 보아 그분을 온전히 믿지 않는 사람에게라도 그분은 당신의 말씀을 어기지 않으신다. '주는 항상 미쁘시니 자기를 부인하실 수 없으시다.'(딤후 2:13)

하나님은 신실하셔서 기도에 반드시 응답하신다. 허드슨 테일러는 CIM의 존재 자체가 그 보이는 증거라고 주장했다. 'CIM은 기도로 태어났고 기도로 자라났으며 현재도 매달매달 오직 믿음의 기도에 대한 응답으로 유지되고 있다.'

'기금에 대해서 말하자면, 마태복음 6:33절에 의지하여 주님의 일을 진행해도 좋다는 하나님의 보증서가 우리에게 있다는 것을 이미 오래 전부터 알고 있다. 그래서 오늘 날 그분의 약속을 믿고 실망하지 않는다. 우리는 기부자의 이름을 광고하지 않고 모금도 하지 않으며 저축된 예금도 없다. 절대로 빚도 지지 않는다. 현재 CIM이 걷고 있는 길은 처음에 그러했듯이 물위를 걷고 있는 것과 같다. 그러니 우리가 얼마나 높이 하나님을 찬양해야 하겠는가?'

| 아이처럼 신뢰하기 |

1897년 봄, 허드슨 테일러는 베를린에서 지도적인 위치에 있는 독일 목사와 선교회 대표들을 만났다. 그 가운데는 CIM이나 믿음 선교에 대해서 회의적인 사람들이 있었다. 간혹 적대적인 질문도 있었는데 허드슨은 그 특유의 겸손함으로 그 상황을 진정시켰다.

'저는 무슨 특별한 은사도 없고 천성적으로 소심합니다. 그런데 은혜로우시고 자비하신 하나님 아버지께서 제 말에 귀를 기울여 주셨습니다. 저는 믿음이 약했는데 어릴 때 부터 하나님께서 여러 가지로 제 약한 믿음을 강하게 해 주셨습니다. 제가 무력할 때 하나님을 의지하도록 가르쳐 주셨고 다른 사람은 혼자 할 수 있는 작은 일을 위해서도 저는 기도해야 했습니다… 그분은 어린아이처럼 단순히 믿는 저의 마음의 소원을 아셨고 저는 모든 것을 그분께 기도로 아뢰었습니다. 그래서 하나님께서 어떻게 당신을 경외하는 자를 기꺼이 도와주시고 힘을 주시며 그 소원을 들어주시는지 아주 어릴 때 부터 경험할 수 있었습니다. 세월이 지난 후에도 제가 기도하면 필요한 돈이 들어왔습니다.'

| 참된 번영의 약속 |

허드슨 테일러는 시편 1:3절이 많은 것을 포함하고 있는 놀라운 약속의 말씀이라고 했다. 주님의 법을 즐거워하는 사람은 '시냇가에 심은 나무' 같아서 '철을 따라 열매를 맺으며 그 잎사귀가 마르지 아니함 같으니 그가 하는 모든 일이 다 형통하다'는 것이다.

'만일 우리가 하나님을 모르는 사람에게 하는 일마다 성공이 보장되는 세상적 계획을 가르쳐 준다면 얼마나 열심히 그 일을 하겠는가? 그런데 하나님께서 당신의 백성에게 그렇게 효과적인 계획을 보여주시는데도 그것을 자기 것으로 삼고 따르는 사람이 왜 그렇게 적은가! 어떤 사람은 완전히 세상과 결별하지 못하여 넘어지고 또 다른 사람은 하나님의 말씀에 귀 기울이는 대신 다른 일에 바빠서 넘어진다. 하나님의 말씀에 드려야 하는 시간을 내지 않는 것이다. 아침에 경건의 시간을 내기가 쉽지 않은 사람이 있다. 그러나 다른 것으로는 그 어떤 것으로도 그것을 대치할 수 없는 것이다.'

시편 1편 말씀을 가지고 복된 삶의 요소를 묵상해 보자.

1. 견실함 :
그는 (일년생 식물이 아니라) 나무와 같아서 계속해서 자라고 많은 열매를 맺을 것이다.

83

2. 독자적인 공급 :

'시냇가에 심겨' 있다. 비가 오지 않고 이슬이 맺히지 않아도 깊이 흐르는 원천은 마르지 않는다.

3. 계절을 따라 맺히는 열매 :

아주 아름다운 모습이다. 흐르는 시냇가에 열매가 맺힌다. 우리의 삶이 그리스도와 연합하여 살면서 변화되어 결과적으로 맺는 열매인 것이다. 하나님은 은혜로우시게도 그저 기계적으로 일하게 하시는 것이 아니라 우리를 참 포도나무의 가지로 만드셔서 그 열매를 맺게 하신다.

일과 열매 사이에는 기본적인 차이가 있다. 일이 노력의 결과라면 열매는 삶의 결과이다. 나쁜 사람도 좋은 일을 할 수 있다. 그러나 나쁜 나무는 좋은 열매를 맺지 못한다. 일은 재생산하지 못하지만 열매는 그 자체 안에 필요한 생명력을 지니고 있다. 흥미롭게도 성경은 성령의 열매를 복수로 말하고 있지 않다. 각 열매의 이름을 집어낼 수는 있지만 열매는 단수로서 사랑, 기쁨, 평화, 인내 등등으로 구성된 값진 덩어리인 것이다. 시절을 따라 그러한 열매를 낸다니 얼마나 복된 일인가!

4. 늘 싱싱함 :

'그 잎이 마르지 아니함 같으니' 우리나라에서는 대부분 나무들이 겨울에 생명을 유지하기는 하지만 잎은 떨어진다. 그런데 상

록수는 겨울에도 살아있을 뿐 아니라 그 잎도 붙어 있다. 그 잎이 더 또렷이 보이는 것은 주위의 다른 가지가 전부 벌거벗고 있기 때문이다. 그 안에 있는 생명력이 너무 강해서 낮이 짧아지는 것이나 차디찬 눈이 내리는 것이나 그 아무것도 두렵지 않다. 하나님과 교제하는 것을 생명으로 삼고 사는 하나님의 사람도 바로 그렇다. 역경이 닥치면 오히려 내부에 있는 생명력을 더 이끌어 낸다.

　　나뭇잎은 그저 장식물이 아니다. 뿌리가 받아들이는 힘이라면 나뭇잎은 거저 주거나 정화하는 은혜를 생각하게 한다. 뿌리에서 가늘게 오는 수액만으로는 나무가 되지 못한다. 나무는 　나뭇잎을 통하여 주위로부터 탄소를 흡수한다. 뿌리가 나뭇잎에 영양을 공급하듯이 가느다란 뿌리도 나뭇잎이 만들어주는 영양분에 의해서 유지된다. 나무에서 나뭇잎을 없애면 죽어버릴 것이다. '그 잎이 마르지 아니함 같으니'

5. 모든 일에 형통 :

'그가 하는 모든 일이 다 형통할 것이다.' 이 이상 더 좋은 약속을 할 수 있겠는가? 자기가 하는 모든 일에서 하나님의 손길을 보는 것은 하나님의 자녀의 특권이다. 자기가 하고 있고 해야 하는 모든 일을 통하여 하나님을 섬기는 일도 자녀의 특권이다. 하나님의 종으로서 하고 있는 일이라면 무엇이든지 필요한 것을 하나님께서 모자람 없이 넉넉하게 주실 것이라고 믿을 수 있다.

그런데 이 형통함은 믿음의 눈이 아니고는 언제나 또렷이 보이지는 않을 것이다. 영광의 주께서 저주의 나무에 못 박히셨을 때, 틀림없이 지옥의 군대는 기뻐했을 것이다. 그렇지만 바로 그 순간 주께서 우리를 대속하기 위해서 제물로 자신을 드렸을 때 이 상으로 우리의 복되신 주께서 더 형통한 적이 있었겠는가? 진정한 형통함은 보통 가장 깊은 고난의 길에 놓여 있다. 그러나 그리스도를 따르는 자들은 바로 그 길을 족한 줄로 알고 걸어야 할 것이다.

거룩에의 길

| 마흔째에서 예순셋째까지의 교훈 |

40 그리스도인은 하나님의 (도덕적) 계명 중 가장 작은 것이라도 어기면 안 된다.

41 그리스도인은 불순한 생각을 해서는 안 된다.

42 예수님은 제자들에게 하나님 아버지를 닮으라고 하셨다.

43 그리스도인은 완전하도록 부르심을 받았다. 그것은 다른 사람에게 보이는 행동에서 뿐이 아니다. (하나님께서 아무도 보지 않는 한적한 사막에 꽃을 피우시는 것처럼)

44 거룩하려고 애쓰는 것은 최소한 우리가 조금 성취해 놓고 만족하고 있는 것보다는 나은 것이지만 가장 좋은 길은 아니다.

45 그리스도를 안에 충만히 모시고 있는 사람이 가장 거룩한 사람이다.

46 그리스도와 죄는 함께 거하지 못한다.

47 그리스도 안에 거한다면 알고 있는 죄를 그대로 가지고 있을 수 없다.

48 죄는 용서를 받기는 하지만 결코 죄 짓기 이전과는 같지 않다. 죄를 지으면 씨를 뿌린 것과 같아서 그 결과가 남는다.

49 하나님은 모든 행위를 심판하실 것이다. 우리는 모두 그리스도의 심판대 앞에 설 것이다.

50 이 세상에서도 뿌린 것은 거두는 법이다.

51 거룩해지기 위해서 시간을 들여야 한다.

52 기록된 말씀을 섭취하는 일은 살아계신 그리스도를 모시는 일이다.

53 그리스도 안에 거하고 그분의 말씀을 먹으면 그리스도를 닮은 삶을 살게 된다.

54 '너희가 내 안에 거하고 내 말이 너희 안에 거하면 무엇이든지 원하는 대로 구하라. 그리하면 이루리라'(요15:7)는 말씀은 하나님의 말씀에 대한 지식과 성공적인 기도 사이에 중요한 상관관계가 있음을 시사한다.

55 하나님의 뜻대로 하는 기도만이 응답을 받는다.

56 능력은 하나님께 속한 것이다.

57 그리스도인은 초자연적인 사람들이다. 초자연적으로 태어났고 초자연적인 능력이 붙들고 있으며 초자연적인 양식으로 생명을 유지하고 초자연적인 책을 초자연적인 스승으로부터 배우는 사람들이다.

58 주어지는 능력은 성령으로부터의 선물이 아니다. 그분 자신이 능력이시다.

59 진실로 성령은 오늘날도 역사하신다. 오순절과 같이 강력한 능력으로.

60 애써서 하는 일이나 조직도 꼭 있어야 하는 것이지만 그보다 더 효과적인 것은 영적인 힘이다.

61 능력의 근원을 소홀히 하면서 방법, 기술, 자원에 너무 많이 주의를 기울일 위험성이 있다.

62 그리스도께서 요한복음 7:37-39에서 하신 말씀에 주의하여 계속 그분께 나아가고 계속해서 믿으며 계속해서 성령을 마셔야 한다. 한 번에 끝내는 일이 아니라 그러한 습관을 유지해야 한다.

63 하나님께서 성령을 주시는 대상은 사모하는 자도 아니고 기도하는 자도 아니며 언제나 충만해지고 싶다고 소원하는 자도 아니다. 그분은 '순종하는 자'에게 성령을 주신다.(행5:32)

| 내가 거룩하니 너희도 거룩하라 |

사도 베드로는 '오직 너희를 부르신 거룩한 이처럼 너희도 모든 행실에 거룩한 자가 되라. 기록되었으되 내가 거룩하니 너희도 거룩할지어다 하셨느니라.'(벧전 1:15)라고 했다.

허드슨 테일러는 친가나 외가나 감리교 배경에서 성장했다. 감리교 창시자인 존 웨슬리는 가끔씩 반슬리에 있던 증조부 제임스 테일러 집을 방문 하셨는데, 허드슨은 어릴 적에 그 때의 이야기를 재미있게 듣곤 했다.

허드슨은 회심한 후 몇 달이 지났을 때 기도하는 것도 힘이 들고 성경을 읽어도 잘 깨닫지 못하자 심히 마음이 어려웠다. 이 어려운 시기에 감리교 잡지에 실린 '거룩의 아름다움'이라는 기사가 도움이 되었다. 순수한 선(善)이 얼마나 저항할 수 없는 매력인지를 알 것 같았다.

그래서 '이 완전한 거룩을 사모합니다.'라고 하나님께 기도했다. 이 시기에 누이에게 보낸 편지에는 존 웨슬리가 했던 말과 같은 인상을 주는 글이 있다. '완전히 성화되기를 갈망한다.'

| 온전함이 가능한가? |

허드슨은 '그러므로 너의 하늘 아버지의 온전하심 같이 너희도 온전하라.'(마5:48)고 하셨던 예수님의 말씀을 묵상하며 이런 글을 썼다. 우리는 세상의 빛이고 소금이 되어야 한다. 어떻게? 아주 작은 계명이라도 어기지 않고, 화를 내지 않고, 불순한 생각을 용납하지 않고, 성급한 약속을 하지 않고, 예와 아니오 이상의 말을 하지 않아야 한다. 보복하려는 마음을 품지 말아야 하고 천국 어린이의 유순한 마음을 지닌다. 그리고 우리를 미워하고 멸시하는 사람들을 위해서 기도하며 불쌍히 여긴다. 어려운 시험이나 박해는 물론 일상생활의 작은 일에까지 하늘에 계신 아버지의 모습을 드러낸다.

'하나님의 온전하심'은 절대적으로 완전한 것이지만 우리는 아무리 잘해도 상대적일 수밖에 없다. 바늘은 바느질을 할 때에라야 완전한 바늘이 되는 것이다. 현미경 아래에 놓고 확대해서 보면 그저 구멍 뚫린 꼬챙이일 뿐이다. 마찬가지로 완전한 천사가 되라는 것도 아니고 무슨 신이 되라는 것도 아니다. 다만 우리에게 부과된 특권으로서의 의무를 이행하여 완전한 그리스도인이 되라는 것이다. 우리를 그렇게 부르신 것이다.

완전하신 우리 아버지께서는 자연 속의 미물도 아주 완전하게 만드신다. 조그만 파리, 보이지도 않을 것 같은 작은 미생

물, 얇은 나비 날개 등 모두 절대적으로 완전하다. 하나님의 창조물이 그 크기에 관계없이 완전한 것과 마찬가지로 그리스도인도 매일 일상 속에서 하는 일이 소소한 것일지언정 완전해야 하지 않겠는가? 편지 한 통을 쓸 때라도 거듭난 사람으로서 더 명료하고 읽기 쉽게 써야하지 않겠는가? 봉사할 때도 사람들에게 보이는 일에만이 아니라 그 이상으로 완벽하게 해야 할 것이다. 우리 아버지께서 아무도 보지 않는 사막에 꽃이 만발하게 하시는 것처럼 우리도 아무도 보지 않아도 그분의 시선을 의식하며 모든 일을 해야 할 것이다.

| 그리스도 안에 거할 수만 있다면 |

1869년 여름 허드슨 테일러가 37세 이었을 때 하는 일마다 잘 되지 않아서 아주 사기가 저하되어 있었다. 심지어 자기처럼 그렇게 실패만 하는 사람도 기독교인일 수 있나 하는 생각까지 하였다. 아내와 오랫동안 떨어져 있었고 심하게 병이 들어서 더욱 그런 생각이 들었는지도 몰랐다.

그러자 무언가 조치가 필요하다는 생각이 들었다. 자신을 위해서나 선교회를 위해서 거룩과 생명과 능력이 필요한 것이라고 판단했다. 개인적인 문제가 더 큰 것 같았다. 하나님께 가까이 붙어서 살지 못하는 배은망덕한 죄를 범하고 있는 느낌이었다.

허드슨은 기도했고 고민했으며 금식하면서 더 잘해 보려고 애를 쓰고 결심을 단단히 했다. 성경도 더 주의해서 읽었다. 더 쉬면서 명상하는 시간을 가졌다. 그런데도 소용이 없었다.

몇 달 후 그 시기를 회상하면서 그는 이런 글을 남겼다. '날마다 거의 매 순간마다 죄의식이 나를 짓눌렀다. 그리스도 안에 거하기만 하면 모든 일이 잘 될 것임을 알고는 있었지만 그렇게 되지 않았다. 매일 기도로 하루를 시작했고 결심을 하고 단 한 순간이라도 그분에게서 마음이 떠나지 않도록 애를 썼다. 그런데 의무감 때문에 아주 괴롭고 피곤했다. 그러한 것이 하나님을 잊게 만들었다. 날마다 능력이 부족한 부분이 드러났고 죄와 실패를 범하고 있었다. 마음에는 소원이 있었지만 실행 방법을 찾을 수 없었다.'

허드슨은 스스로에게 질문하기 시작했다. '성도로서의 나의 삶이 앞으로도 계속 갈등으로 이어질 것인가, 승리대신에 계속 패배만 할 것인가? 예수님을 받아들인 자에게는 모두 '하나님의 자녀가 되는 (하나님과 같이 되는) 권세를 주셨다.(요1:12)'고 어떻게 설교할 수 있겠는가? 스스로 그런 경험을 한 적도 없지 않은가?'

더 강해지기는커녕 자기가 더 약해지고 더 죄에 굴복하는

것만 같았다. 자신이 싫었다. 자기가 범하는 죄가 싫었다. 그리
스도 안에만 있으면 모든 것이 해결될 텐데 실제로 어떻게 해야
할지 알 수가 없었다. 포도나무이신 그리스도의 비유(요 15장)
를 생각하면서 이런 글을 남겼다. '참으로 그분은 부요했지만
나는 가난했다. 그분은 강했지만 나는 약했다. 뿌리와 줄기에
붙어 있기만 하면 풍성할 것이었다. 그렇지만 미약하고 작은 나
의 가지에 어떻게 하면 그 풍성함이 흘러 들어오게 할 것인가,
그것이 문제였다.'

| 변화를 가져온 통찰력 |

허드슨 테일러는 점차로 통찰력을 얻어 그 기간을 벗어날
수 있었다. 우선 믿음이라는 선행 조건이 있어야 자기가 원하는
것을 얻을 수 있었다. 믿음은 '그분의 충만하심에 손을 얹어 그
것을 내 것으로 만드는 것'이었다. 그런데 자기에게는 이 믿음
이 없었다. 그것을 취하려고 애를 썼지만 가질 수 없었다. 이런
저런 활동을 해 보았지만 소용이 없었다.'

'귀하신 구주 우리 예수님이 베푸실 수 있는 놀라우신 은혜
를 알면 알수록, 보면 볼수록 나의 무기력, 죄의식은 심해져만
갔다. 내가 범한 죄는 그 원인인 불신앙의 죄에 비하면 사소한

것같았다. 하나님의 말씀을 받아들이지 않고 그분을 거짓말쟁이로 만들었던 불신앙의 죄, 그것은 세상에서 가장 저주받을 죄였다. 그런데 내가 바로 그 죄에 빠져 있었다. 나는 믿음을 달라고 기도했다. 그런데 믿음이 생기지 않았다. 어찌해야 한단 말인가?'

두 번 째 깨달음을 준 것은 동료 존 매카시 선교사가 보낸 편지덕분이었다. 테일러는 이전에 자기가 겪고 있는 어려움을 매카시에게 이야기한 적이 있었는데 이런 편지를 보낸 것이었다. '지금 선교사님과 거룩에 이르는 길에 대해서 이야기를 나눌 수 있으면 얼마나 좋겠는지요? 이제 생각해 보니 더 나은 날이 오도록 하기 위해 애쓰고 노력하고 갈망하고 희망하는 것은 행복이나 거룩 또는 유용함에 이르는 길이 아닌 것 같습니다. 물론 그러한 것들은 우리가 노력해서 얻은 보잘 것 없는 결과를 가지고 만족하고 있는 것보다는 훨씬 나은 것이기는 하지만 그래도 가장 좋은 길은 아닙니다. 여기 선교사님이 쓰신 「그리스도가 전부이시다」 책을 놓고 가셨지요. 그 안에서 이런 글을 읽고 깊이 깨닫게 되었습니다.

'주 예수님을 영접하면 거룩이 시작된다. 주 예수님을 소중히 여기면 거룩이 진보한다. 주 예수님을 결코 떠나지 않고 늘 함께 있으면 거룩이 완성된다.

그리스도의 충만하심이 풍성하게 흘러 내려오면 통로가 만

들어진다. 메마른 가지가 열매 맺는 가지로 바뀐다. 전체가 생명의 다스림을 받게 된다.

신자들이여, 당신이 부족한 것에 대해서 애통하라. 저 혐오스러운 괴물인 죄를 찾아내어 극복하기 위하여 애를 쓰면 그리스도 안에서 도움 받을 길이 열린다. 누가 보아도 알 수 있도록 그분에 대해서 확연히 관심을 가지라.

가장 거룩한 사람은 내면의 가장 많은 부분에 그리스도를 모시고 있는 사람, 그분이 다 이루신 일을 가장 많이 기뻐하는 사람이다. 가는 길에 방해가 되고 많은 사람을 넘어지게 하는 것은 믿음에 결함이 있기 때문이다.'

'그렇다면 어떻게 우리 믿음을 증진시킬 수 있겠는가? 오직 그리스도가 어떤 분이시고 우리를 위해서 어떤 일을 해주셨는지를 생각하기만 하면 된다. 더 큰 믿음을 갖기 위해서 애쓰는 것이 아니라 신실하신 그분을 향해 시선을 돌려 바라보아야 한다. 우리에게 필요한 것은 다만 시간을 내어 사랑하는 그분 안에서 영원토록 온전히 쉬는 일이다.'

맥카시가 편지에 써 보낸 자기 글을 읽고 나서 허드슨은 이런 글을 남겼다. '그것을 읽으면서 깨달았다. '우리는 미쁨이 없을지라도 주는 항상 미쁘시니…'(딤후 2:13) 예수를 바라보았을 때 (그때 얼마나 큰 기쁨이 나에게 밀려 왔는지!) '결코 너를 떠나지 않으리라.'고 하신 말씀이 생각났다. 놀랍게도 그 안에 안

96

식이 있었다. 그분 안에서 쉬어야겠다고 애를 썼을 때는 쉴 수가 없었다. 이제는 더 이상 노력하지 않겠다. 바로 그분이 너와 함께 하겠다, 너를 떠나지 않고 버리지 않겠다고 약속하지 않았는가!'

그 다음 며칠 간 하나님께서는 허드슨에게 새로운 통찰력을 주시고 생각을 명료하게 해 주셨다. '믿음은 바라는 것들의 그림자가 아니라 바로 그 실상이었다. 보이는 것이 전부가 아니고 그 이상이었다. 눈에 보이는 것은 사물의 외형뿐이고 그 실체는 믿음이 제공한다. 우리는 실체 안에서 쉴 수 있고 실체의 공급을 받아 살 수 있다. 믿음으로 마음에 거하시는 그리스도야말로 참된 능력이고 참된 생명이다. 또 그리스도와 죄는 함께 거하지 않는다. 세상을 사랑하거나 많이 염려하면서 그분의 임재 안에 거할 수는 없는 것이다.'

| 케직과 거룩 |

그리스도 안에 거하는 것과 거룩 사이의 관계에 대한 통찰력은 1875년 케직 사경회의 성립에 영향을 끼쳤다. 허드슨 테일러의 친구들은 거룩의 수동적인 면을 너무 강조하는 것이 아니냐는 염려를 내비치면서 악에 대하여 능동적으로 대항하고 하나님께 애써서 복종할 필요가 있는 것이라고 강조했다. 몇 년 후 라일 주교도 자기가 쓴 저서에서 케직의 가르침이 균형을 벗어나 있기 때문에 수정해야 한다고 피력했다. 짐 패커 박사가 1984년 처음 출간한 「성령의 보조에 맞추기」에서도 케직에서 말한 거룩에 대해서 심각하게 유감의 뜻을 표명했다. 허드슨 테일러가 거룩의 수동적인 면을 지나치게 강조했다는 경고를 들었는데 패커도 같은 점을 지적한 것이었다.

패커는 '수동성을 의식적인 무행위'라고 정의하면서 이렇게 말했다. '수동성을 강조하는 영혼은 번창하지 않고 시들시들 쇠약해진다. 그리스도인의 모토가 〈그저 되는 대로 두고 하나님이 하시도록 하자〉가 되어서는 안 된다. 대신에 〈하나님을 믿고 일을 진행시키자〉가 되어야 한다. 그래서 예를 들어 당신이 나쁜 습관과 싸우고 있다면 하나님 앞에서 다시는 그 희생자가 되지 않을 수 있는 전략을 세우고, 그 계획을 축복해 달라고 기도하면서, 그분의 힘을 의지하여 그 죄에서 벗어나고, 다음에 그러한 유혹이 오면 〈아니다. 하지 않겠다〉고 단호히 말할 수 있도록 준비되어 있어야 할 것이다. 또는 만일 좋은 습관을 몸에 익히고 싶다면 같은 식으로 전략을 세우고 하나님의 도우심을 구하며 최선의 힘을 다하여 노력해야 한다. 수동적인 태도는 결코 해답이 되지 못한다. 케직에서 가르친 수동성 -(문제를 가지고 갈등하고 애쓰지 말고 그저 주님께 맡기라는 식)- 은 비성경

적이며 기독교인의 성숙에 도움이 되지 않는 것이다.'

1869년 허드슨 테일러가 깨달은 진리의 핵심은 그리스도 안의 믿음, 그분을 바라는 믿음이 우리의 구원과 마찬가지로 거룩에도 필수적인 요소라는 것이다. 그러나 물론 그것만으로 충분한 것은 아니며, 신자에게 거룩으로 가는 빠른 길이나 지름길이 있다고 믿으라는 것은 더더욱 아니다. 성화로 가는 여정에 노력이라는 요소가 포함되지 않는다는 것도 아니다. 테일러의 동료 존 매카시가 지적한 것은 우리 힘으로 거룩해지려고 애쓰는 것은 가능하지 않을 뿐 아니라 기껏해야 우리의 보잘 것 없는 성취에 만족하는 정도의 이야기밖에 되지 않는다는 것이다. 허드슨 테일러나 중국에 있던 CIM 선교사들이 노력이나 봉사활동이 부족했다는 증거는 찾아볼 수 없다. 이미 살펴본 대로 테일러는 CIM에 들어오려는 후보자에게 '흠 없이 행하려고'(시 84:11) 하지 않는다면 그냥 본국에 있는 것이 더 낫다고 경고한 적이 있었다.

또 다른 경우에 이런 글을 쓴 적도 있다.

'그리스도 안에 거하는 것이 죄 없이 결백한 상태를 의미한다고 가르치는 곳은 아무데도 없다. 반면 주 안에 거하는 것이 무죄한 상태는 아니라고 해도 자신이 알고 있는 죄를 지니고 있다는 의미는 아니다.' '내가 이것을 너희에게 씀은 너희로 죄를 범하지 않게 하려 함이라.'(요일 2:1)

| 죄의 결과 |

죄는 오늘날 사람들이 좋아하는 주제가 아니다. 신문이나 성경을 깊이 파고들지 않아도 죄나 그 결과가 무엇인지는 다 알고 있다. 성경은 죄에 대해서 여러 가지로 묘사한다. '과녁이나 표적을 맞추지 못한 것' 또는 '관계가 깨진 것'에서부터 '불경건', '타락' 또는 '반역'에 이르기까지 다양하기는 하지만 죄에 대해서 성경이 공통적으로 말하고 있는 주제는 한 가지이다. 죄는 우리를 거룩하신 하나님에게서 분리시킨다는 것이다.

허드슨 테일러는 죄란 것이 얼마나 흉악한 것이며 죄를 범한 결과가 얼마나 무서운 지를 당대 사람들이 충분히 알고 있지 못하고 있다고 생각했다. 이것은 오늘날에도 해당되는 메시지이다. '세상은 혹독하고 무정하다. 그래서 죄는 용서를 받는다고 해도 결코 죄를 짓지 않은 것과 같아지지 않는다. 그 결과가 남는다. 다윗의 죄는 용서 받았지만 선지자는 그 용서를 전하면서 칼이 그 집에서 떠나지 않을 것이라고 말해주었다. 죄를 짓는 것은 씨를 심는 것과 같고 그 결과는 남는다. 아무도 모르는 비밀이라고 해도 결국 빛으로 드러난다는 것이 주님의 가르침이다. 오늘날 이 진리를 강조해야 한다. 이것은 하나님의 자녀들조차도 반드시 기억해야 할 진리이다.'

'하나님께서 용서하신 죄는 더 이상 기억하지도 않으신다는 약속만 기억하고 '하나님이 선악 간에 행한 모든 행위를 심판하신다.'(전 12:14)는 말씀은 잊고 있는 사람이 많다. 그것은 새 언약의 시대라고 해서 없어지는 말씀이 아니다. 주께서는 '감추인 것이 드러나지 않을 것이 없고 숨긴 것이 알려지지 않을 것이 없다'(눅12:2)고 그 사실을 확인하셨다. 바울도 '우리가 다 반드시 그리스도의 심판대 앞에 나타난다.'(고후 5:10)고 말한다.

'그것뿐이 아니다. 이 세상에서도 심은 대로 거둔다. 그것이 사람의 손을 통해서 오기도 하는데 보통 하나님께서 당신의 자녀를 징계하시기 위해 사용하는 하나님의 검일 때가 많다.'

| 그리스도는 기록된 말씀으로 오신다. |

허드슨 테일러의 아버지는 자녀들을 하루에 한 번 자기 방에 데려다가 한 사람씩 기도를 해 주고는 각자 방으로 돌아가 한 동안 성경을 읽도록 시켰다. '성경을 사랑해야 한다. 하나님은 거짓말을 하실 수 없기 때문에 너희를 잘못 인도하시지 않는다. 그분은 너희를 실망시키지 않으신다.'는 말을 해 주었다.

허드슨 테일러는 그 충고를 받아들여 평생 동안 시간을 들여서 성경을 깊이 읽었다. 그러면서 기록된 말씀과 말씀대로 사는 일 사이에 거리가 있으면 안 된다고 강조했다. 말씀과 삶 사이의 관계를 강조할 때 사용한 말씀이 요한복음 15:7절이었다. '너희가 내 안에 거하고 내 말이 너희 안에 거하면 무엇이든지 원하는 대로 구하라 그리하면 이루리라' 우리 주님은 '내 안에 거하고 내가 네 안에 거하면'이라고 하지 않으시고 '내 안에 거하고 내 말이 네 안에 거하면'이라고 하셨다. 4절에서 '나' 대신에 '내 말'이라고 하신 것은 말씀과 말씀이 이루어진 삶 사이에 긴밀한 관련이 있음을 보여준다. 그리스도는 우리에게 기록된 말씀으로 오신다. 성령을 통하여 우리 영혼에 임하신다. 우리가 기록된 말씀을 섭취하는 것은 살아계신 그리스도를 먹고 사는 것과 같은 것이다.

'거룩해지기 위하여 시간을 내야 한다. 성경을 읽는 양이 문제가 아니라 묵상을 할 주제를 발견하여 그것에서 자양분을 취해야 한다. 그러면서도 성경을 제한적으로 읽어서는 안 된다. 유월절 양을 남기지 않고 전부 먹어야 했던 것처럼 하나님의 말씀도 전체가 다 '하나님의 사람으로 온전하게 하며 모든 선한 일을 행할 능력을 갖추게'(딤후3:17)하기 위해 유익하고 필요한 것이다. 하나님의 말씀을 읽지 않고 있다면 진심으로 권한다. 가능하면 일 년 일독은 해야 할 것이다. 너무 많은 분량이어서 철저하게 기도하는 마음으로 할 수 없다면 부분적으로라도 날마다 읽고 묵상하여 성경 전체를 계속적으로 읽어나가기를 권한다.'

앞서 읽은 요한복음 15:7절 말씀은 하나님의 말씀에 대한 온전한 지식과 성공적인 기도 사이에 중요한 관련성이 있음을 시사한다. 하나님의 뜻에 맞는 기도만이 응답을 받게 된다. 진지하게 믿으면서 하는 기도이지만 분명히 하나님의 목적과는 다른 것들이 많았다. 온전한 성경 지식을 가져야 적당한 약속이 생각날 것이며 그래야 믿음과 확신을 가지고 기도할 수 있게 될 것이다.

'그리스도 안에 거하고 그 말씀을 양분으로 취해야 그리스도와 같은 삶을 살 것이고 우리의 마음이 하나님 앞에서 바르게 될 것이다.'

▎능력의 근원 ▎

허드슨 테일러는 시편 62:11절을 자주 인용했다. '하나님이 한두 번 하신 말씀을 내가 들었나니 권능은 하나님께 속하였다 하셨도다.' 하나님 자신이 위대한 능력의 근원이시다. 능력은 그분 소유이다. '능력은 하나님께 속한 것'이고 그분은 당신의 주권적인 뜻에 따라 능력을 행사하신다. 그렇다고 해서 변덕스럽거나 독단적인 방식으로가 아니라 언제나 이미 선포하셨던 목적과 약속을 따라서 능력을 베푸신다. 참으로 우리의 대적이 많고 방해 세력도 만만치 않지만 우리 하나님은 살아계시고 또 전능하신 능력으로 역사해 주신다.

'하나님은 선지자 다니엘을 통하여 '자기의 하나님을 아는 백성은 강하여 용맹을 떨치리라'(단 11:32)고 말씀하셨다. 보통 지식이 힘이라고 하는데 맞는 말이다. 하나님을 아는 지식의 경우에도 완전히 들어맞는 말이다. 자기 하나님을 아는 사람들은 공을 세우려고 시도만 하다가 마는 것이 아니라 실제로 공을 세운다. 성경에서 명령할 때는 무엇을 '하라!'이지 '시도해 보라!'가 아니다. 하나님이 명령하신 것이라면 우리가 해야 할 일은 다만 순종뿐이다.

'게다가 하나님의 능력은 우리가 쓸 수 있도록 주어진 것이다. 우리는 초자연적인 사람들이다. 초자연적으로 태어났고 초자연적인 능력으로 보호를 받고 있으며 초자연적인 음식을 먹고 초자연적인 책을 초자연적인 스승으로부터 배우는 사람들이다. 초자연적인 대장께서 확실한 승리의 길로 우리를 이끄신다. 부활하신 구주께서 하늘로 올라가기 전에 이렇게 말씀하셨다.' '하늘과 땅의 모든 권세를 우리에게 주셨으니, 너희는 가라! …'(마 28:18-19)

그분은 또 제자들에게 '성령이 너희에게 임하시면 너희가 권능을 받는다.'(행1:8) 이 일이 있은 지 몇 날이 안 되어 함께 모여 계속 기도했을 때 그 응답으로 성령이 오셔서 그들에게 충만히 임했다. 하나님을 찬양하라. 성령은 아직도 우리와 함께 계신다. 오늘날도 일해 주신다. 오순절 날과 같이 강력하게 역사해 주신다. 그 오순절이 오기 전에 온 교회는 모든 일을 제쳐두고 열흘 동안 능력이 나타날 때까지 하나님을 기다렸다. 오늘날 우리는 어떠한가? 능력의 근원이신 분께 주의를 기울이기보다 방법과 조직과 재원 같은 것에만 지나치게 관심을 기울이고 있지 않은가.

▎성령으로 행하기 ▎

허드슨 테일러는 성령의 능력을 신뢰했다. 자기가 회심했을 때도 '성령을 통해서 내 영혼에 번개처럼 빛이 들어왔다.'고 했고 그 후 56년간 성공과 실패, 승리와 패배를 겪는 와중에도 성령을 따라 살려고 애를 썼다. 생애의 마지막 30년 동안 그의 글이나 기록된 연설문에 성령의 언급이 특히 많았다.

1873년 여름은 허드슨 테일러에게 극도로 힘든 기간이었다. 누군가 중국에서 행정을 맡아주면 자기는 더욱 오지로 가서 전도도 하고 교회 개척도 할 수 있는 여력이 생길 것이라고 생각했다. 윌리엄과 메어리 럿랜드는 그 일을 하기가 어려웠고 중국인 협력자들은 임금을 더 올려달라고 했다. 또 반 외국, 반기독교 정서가 중국에 퍼져 있었다. 허드슨은 둘째 부인 제니에게 이렇게 편지했다. '오, 성령 세례를 위해서 기도해 주세요. 그것이 우리 문제를 해결해 줄 수 있는 유일한 치료책입니다.'

또 다른 경우에 허드슨 테일러는 선교회에 성령의 '나타나심'이 필요하다고 했다. 성령의 '채우심', '통로', '받음', '부어주심', '능력의 오심'과 같은 표현을 했다. 이러한 용어는 창조 시에 수면에 운행하셨고, 바람처럼 임의로 부는 통제할 수 없는 성령의 성격을 잘 드러내고 있다.

| 방법이 아닌 하나님의 능력 |

1892년 3월 테일러는 모든 CIM 멤버들에게 중요한 회람판을 돌렸다. 최근에 상하이에 서있었던 개종자에 대한 보고를 하고 나서 이렇게 부연했다. '오늘 날 모든 선교 사역에 가장 중요하게 필요한 것이 있습니다. 그것은 성령의 나타나심입니다… 아마 우리 중에 자기가 한 일의 결과에 만족한 사람은 거의 없는 것 같습니다. 아마 더 비용을 들이고 이런 저런 방법을 썼더라면 더 나았을 것이라고 생각하는 사람이 있을지 모르겠습니다. 그렇지만 제 생각은 다릅니다. 방법이 아니라 하나님의 능력이 있어야 합니다. 날마다 만나는 수만 명을 그리스도를 위해

살도록 이끌고 있지 못할 때 어떻게 해야 그 일을 가능하게 할 수 있을까요? 어떤 방법을 쓰기 전에 오히려 현재 하고 있는 일을 잠시 멈추고 겸손하게 기도해야 할 것입니다. 오직 성령으로 충만하게 해주셔서 그분께서 저항할 수 없는 능력으로 일하실 수 있는 통로가 되게 해달라고 구해야 할 것입니다?'

'능력이 부족해서 영혼들이 멸망해가고 있습니다. 하나님은 믿음으로 이 축복을 구하는 사람을 지금 축복하고 계십니다. 우리가 준비만 된다면 모든 것이 준비되어 있습니다. 우리의 내면을 살펴 주셔서 그분께서 강력하게 역사하시는데 방해가 되는 것을 전부 제거해 달라고 기도합시다. 모든 장애물을 제거하고 자신을 새롭게 성별하여 드리고서 믿음으로 성령 충만을 받읍시다. 그러면 그분께서 깨끗해진 성전을 차지하여 다스리실 것입니다.'

1892년 4월 16일, CIM 중국 이사회의 진행이 중지되었다. 기록에 의하면 '회의를 위해서 모이는 대신에 중국 위원회는 상하이에 있는 선교사들이 자신을 위해서 그리고 중국과 본국의 선교회를 위해서 성령으로 충만하게 해 달라고 합심 기도를 했다.'

이사회의 기도는 응답되었다. 제니가 그 달에 기록한 내용이다. '하나님께서 서로의 마음을 겸손하게 하시고 성령으로 채우셨다. 이제 우리는 자유와 능력으로 충만한 모임을 자주 갖고 있다.'

| 마시는 자는 누구든지 |

허드슨 테일러는 아들이 오신 것은 아버지를 계시하기 위함이었고 성령께서는 그 아들을 계시하기 위해 오셨다고 말했다. '그리스도는 진정한 안위자였고 성령도 영원히 교회와 함께 거하도록 아버지께서 그리스도의 이름으로 보내신 또 다른 안위자였습니다. 그리스도는 내주하시는 구주이시고 성령은 내주하시는 안위자이십니다. 성령은 틀림없이 그리스도께서 그 얼굴을 비추시는 사람 편이 되어주실 것입니다.'

'주님은 '누구든지 내가 주는 물을 마시는 자마다 결코 목마르지 않을 것'(요4:14)이라고 하셨습니다. 우리는 그 말씀의 축복을 잊어서는 안 됩니다. 그리스도께서 하신 말씀은 문자 그대로 사실입니다. 그분이 그렇다고 하시면 그런 것입니다. 결코 목마르지 않을 것이라는 말은 정말입니다. 우리 마음이 그 선물을 받으면 기쁨으로 차고 넘칩니다. 오, 목말라 앉아 있던 자리에서 기쁨으로 뛰어 일어나 주님을 찬양하게 됩니다. 목말랐던 날은 다 지나갔다, 영원히 과거의 일이 되어 버렸다고 외치게 됩니다. 주님은 계속 말씀합니다. '내가 주는 물은 그 배에서 영생하도록 솟아나는 샘물이 되리라.'(요4:14)

'그리스도의 말씀에 주목해야 합니다. '누구든지 마시는 자'라는 말은 한 번만 마신다는 의미가 아닙니다. 계속해서 습관적으로 마셔야한다는 뜻입니다.' '나를 믿는 자는 그 배에서 생수의 강이 흘러나리라'고 약속하신 다음에 '이는 그를 믿는 자들이 받을 성령을 가리켜 말씀하신 것이라'는 말씀으로 끝을 맺는다. 즉 성령을 받기 위해서는 계속해서 믿어야 한다는 것이다. 100년 후, 존 스토트도 「성령 세례와 충만」(런던, 1964)에서 같은 구절을 같은 내용으로 설명하고 있다.

▍하나님은 누구에게 성령을 주시는가? ▍

허드슨 테일러는 1890년 봄 선교사 총회에서 개회 예배 설교를 했다. 상하이에 중국에서 사역하는 모든 선교 단체 사람들이 전부 모였기 때문에 청중이 많았다. 그때 준비했던 원고대신에 성령의 능력에 대한 말씀을 한 시간 가량 전했다.

그때 테일러는 주께서 마지막으로 제자들에게 '모든 족속'에게 복음을 전하라고 하셨던 명령에 대해서 언급하면서 '하나님이 자기를 순종하는 자에게 주시는 성령'(행5:32)이라고 베드로가 산헤드린 공회에서 한 말을 인용하였다.

'만일 우리가 이 총회에서 주님의 명령에 온전히 순종한다면 예루살렘에서 인류 역사상 처음으로 부어졌던 성령이 또 한 번 부어지는 것을 경험할 것입니다. 하나님은 사모하는 자나 기

도하는 자, 또는 언제나 채워 달라고 요구하는 자에게가 아니라, 당신께 순종하는 자에게 성령을 주십니다.'

'우리가 만일 이 땅 구석구석에 아주 신속하게 복음을 전해야 하겠다고 결심하고 순종하는 마음으로 행동을 시작하면, 반드시 성령께서 강력으로 임하실 것입니다. 그 일에 필요한 것도 어떤 방법을 통해서 일지는 모르지만 모두 채워질 것입니다. 선교사에게서 양떼에게로 불이 번질 것이며 우리 현지 동역자와 하나님의 모든 교회는 축복을 받을 것입니다. 하나님은 당신께 순종하는 자에게 성령을 주십니다.'

기도의 비밀

| 예순넷째에서 예순아홉째까지의 교훈 |

64 허드슨 테일러는 '마치 모든 것이 기도에 달려 있는 것처럼 기도했고, 마치 모든 것이 자기가 하는 일에 달려 있는 것처럼 일했다.'

65 하나님께서 응답하시지 않는 기도가 많이 있다. 잘못된 방법으로 구하는 기도, 하나님의 뜻과 반대되는 기도, 믿음이 들어있지 않은 기도는 응답하지 않으신다.

66 그런데 바른 마음으로 바르게 구하는데도 불구하고 기대하던 응답이 오지 않을 수 있다. 기대한 것과 다른 방식으로 올 때가 있는 것이다.

67 필요한 것이 많이 있어서 하나님께 기도하면, 필요한 것을 주시기도 하고 필요하지 않도록 해 주시기도 한다.

68 고린도후서 12:1-10절에서 바울은 자기의 육체의 가시를 없애 달라고 기도했다. 하나님은 그것을 없애주시는 대신 기쁘게 견딜 수 있는 힘과 은혜를 주셨다.

69 그것은 바울이 기대했던 응답보다 더 좋은 것이었다. 그저 가시만 없애 주셨다면 다른 환난이 닥치게 될 때 같은 문제로 어려워했을 것이다.

| 기도와 행함 |

허드슨 테일러는 기도의 힘을 믿었다. 자기가 그리스도인이 된 것도 어머니와 누이가 그 제목을 가지고 구체적으로 기도하여 그 응답을 받은 것이었다. 중국에 선교사로 가라는 하나님의 부르심에 응하게 된 것도 태어나기 전부터 부모가 드렸던 기도의 응답이었다. 그렇기 때문에 허드슨의 삶에 기도가 그 특징이 된 것도 그리 놀라운 일이 아닌 것이다.

1877년 여름 그와 여행을 같이 했던 선교사는 테일러가 날마다 세 번 씩 습관적으로 선교회를 위해서 기도하고 동료의 이름을 불러가며 기도하던 모습을 결코 잊을 수가 없었다.

아들 하워드도 자기 아버지가 '모든 것이 기도에 달려 있는 듯이 기도하고 또한 마치도 모든 것이 자기가 하는 일에 달려 있는 듯이 일했다'고 했다. 1870년 테일러가 영국에 잠시 머물

렀을 때 그 대표적인 사례를 볼 수 있었다. 위막성 후두염 발작으로 어린이들이 많이 죽어가자 CIM은 12월 31일을 기도의 날로 정하고 선교회 본부에서 기도를 하였다. 밤에 기도를 하고 있는데 한 간호사가 이미 죽은 것처럼 보이는 여자 아이를 안고 문 앞에 나타났다.

사람들이 황급히 테일러를 불렀다. 달려 나오는 그에게 한 여인이 먼저 기도를 해야 한다고 했다. 허드슨은 큰 소리로 대답했다. '예, 기도해 주세요. 제가 진찰하는 동안요.'

테일러가 보니 아이는 창백했고 흐느적거리고 있었다. 다시 숨을 쉬도록 하려고 애를 썼지만 처음에는 잘 되지 않았다. 그래서 코를 막고 입으로 숨을 불어 넣었다. 몇 분이 지나자 아이의 얼굴색이 돌아오더니 숨을 쉬기 시작했다. 그날 밤 몇 번 경련을 일으키기는 했지만 아무 이상 증세 없이 다시 살아났다. 아이는 후에 자라서 CIM 선교사가 되었다.

| 우리 기도는 지금 응답된다 |

1886년이 저물어갈 무렵, 다음 해에 선교사 100명이 새로 들어오게 해 달라는 야심찬 기도를 시작했다. 상하이에 있던 한 고참 선교사가 허드슨 테일러에게 이렇게 말했다. '많은 사람들이 새로 들어오도록 기도하신다니 기쁩니다. 물론 일 년 안에 백 명이 전부 들어오지는 않겠지요. 그래도 구하지 않았을 때보다는 선교사가 더 올 겁니다.'

'관심을 보여 주시니 감사합니다. 하나님이 우리 기도에 지금 응답하시는 것을 알기 때문에 우리는 기뻐합니다. 죄송합니다만 저는 확신이 듭니다. 선교사께서 일 년 안에 마지막 백 명째 선교사를 중국에서 환영하는 기쁨을 나누시게 될 겁니다.'

테일러는 1887년 영국으로 돌아가 매우 바쁘게 지냈다. 수백 군데에서 집회를 인도하고 엄청난 양의 편지를 주고받으며, 중국에 가고 싶어서 수없이 찾아오는 후보자들을 면담하였다. CIM 런던 이사회는 반대 의견이 많았고, 또 중국에서 선교회를 대리로 책임 맡고 있는 선교사에게도 소소한 행정적 문제에 관해서 상담해 주어야 했다.

11월 초, CIM에 새로 허입된 선교사는 102명이었고, 그 모두가 중국에 타고 갈 배 삯도 충분히 준비가 되었다. 102명 중에 2명은 협력 선교사였기 때문에, 하나님께서는 많은 사람을 위한 기도도 들어주셨고 인원에 대한 기도도 정확하게 그 숫자를 맞추어 주셨다.

마지막 백 명 째를 환영하던 자리에는 선교회의 기도가 완전히는 응답되지 않을 것이라고 하던 그 연로한 선교사도 출석해 있었다.

| 세상만큼 넓은 긍휼 |

허드슨 테일러는 중국만을 위해서 기도하지 않았다. 선교
사 협의회의 해리 기니스는 테일러가 '언제나 남미를 위해서 기
도하고 있었다. 그의 긍휼은 세상만큼 넓어서 기도할 때마다 남
미를 언급했다.'고 했다. 또 다른 친구도 이렇게 덧붙였다. '어떤
사람이 아프리카나 일본, 또는 인도나 페르샤에 간다고 하면 허
드슨은 너무도 기뻐했다. 중국에 선교사로 간다는 소리를 들을
때만큼이나 기뻐했다. 그가 그리스도를 위해서 소원했던 것은
온 세상이었다.'

| 하나님은 언제나 기도에 응답하시는가? |

허드슨 테일러는 자주 고린도 후서 12:1~10절을 본문으로
설교했다. 사도 바울이 자기가 '셋째 하늘에 이끌려 갔고' '사람
이 가히 말로 표현할 수 없는 말을 들었다'고 했던 부분이었다.
바울은 그런 특별한 경험 때문에 자고해지지 않도록 하나님께
서 자기에게 '육체의 가시' – 병 또는 장애인 것으로 추측 – 를
주셨는데 그것이 사탄의 사자라는 것이었다. '이것이 내게서 떠
나가게 하기 위하여 내가 세 번 주께 간구하였더니 나에게 이르

시기를 내 은혜가 네게 족하도다. 이는 내 능력이 약한 데서 온전하여짐이라'(8, 9절)고 기록되어 있다. 사도는 바르게 결론을 내린다. '이는 내 능력이 약한 데서 온전하여 짐이라.'

바울은 자신이 다른 사람에게 축복이 되는 바로 그 자리에 세워져 있음을 알았다. 하나님이 그의 기도를 거절하시거나 물리치신 것이 아니었다. 다만 응답이 구하던 방식으로 주어지지 않았을 뿐이었다.

주 예수님이나 사도 바울의 예를 보면 '하나님이 언제나 기도를 들어 주시는가' 하고 사람들이 자주 하는 질문에 대하여 그 대답을 알 수 있을 것이다. 물론 그분이 응답하시지 않는 기도도 많이 있다. 잘못 구하는 기도, 하나님의 계시된 뜻과 반대되는 기도, 믿음 없이 드리는 기도는 응답하시지 않는다. 그런데 바른 마음으로 바르게 기도하는데도 기대했던 대로 응답이 오지 않는 기도가 많이 있다. 무언가 필요해서 간절히 기도를 드리면 그것을 주실 때도 있고 아니면 필요 자체를 제거해 주시기도 한다. 마치도 저울에 덜거나 더해서 무게를 맞추는 것과도 같다. 바울은 자기가 감당할 힘이 없는 짐 때문에 낙담이 되어 그것을 치워 달라고 기도를 드렸다. 하나님은 그 기도에 응답하셨는데 짐을 치워 주시는 대신 기쁨으로 그것을 질 수 있는 은혜와 힘을 주셨다. 그래서 슬픔과 회한의 원인이 되던 것이 기쁨과 승리의 기회로 바뀐 것이었다.

'사실은 이것이 더 좋은 응답이 아니었을까? 바울에게서 그저 가시를 제거해 주셨다면 다른 절망이 찾아왔을 때 문제 해결의 열쇠를 찾지 못했을 것이다. 하나님의 방법은 현재의 모든 고난과 그와 비슷한 장래의 모든 시험에서 단번에 그리고 영원히 구해 주신 것이다. 그래서 바울은 승리의 메시지를 전한다. '그러므로 도리어 크게 기뻐함으로 나의 여러 약한 것들에 대하여 자랑하리니 이는 그리스도의 능력이 내게 머물게 하려 함이라'(고후12:9) 오, 사도의 가시가 모든 약함, 상처, 필요, 박해, 절망에서 구원하시는 경험을 실제적으로 알게 해 주어 자기가 약할 그 때 참된 능력을 주는 것이라면 누가 그것을 마다하겠는가? 그러니 아무도 주인의 명령에 기쁘게 복종하는 것을 두려워하지 않도록 권고해야 할 것이다.'

┃하나님이 정하신 은혜의 방편 ┃

허드슨 테일러는 샨시 성에서 개인적으로 혹은 연합하여 금식 기도를 하고 있는 중국인 성도들을 만났다. 많은 사람이 금식을 싫어하지만 실은 금식이 하나님께서 정하신 은혜의 방편으로 믿음이 필요한 것임을 그들은 알고 있었다. 금식을 하면 약하고 가난한 느낌을 갖는다. 아마도 우리가 사역하는데 가장 방해가 되는 것은 스스로 힘이 있다고 착각하는 것일 것이다. 금식을 함으로써 우리가 얼마나 약하고 불쌍한 피조물인지 알게 된다. 인생이 음식 한 그릇에 의존하여 겨우 힘을 얻는 존재임을 배우게 되는 것이다. 금식은 축복을 가져온다. CIM은 심각한 문제가 있으면 금식의 날을 정하여 기도한 적이 많았다. 그러면 하나님은 언제나 개입해 주신다. 그분은 우리 앞서 행하시고 굽은 길을 곧게 하시며 우리 앞의 험난한 곳을 평야로 만들어 주신다.

문화를 존중하기

| 일흔째에서 일흔여덟째까지의 교훈 |

70 CIM 선교사는 중국식 복장을 하고 중국식으로 건물을 지었으며 중국 문화를 극도로 존중했다.

71 조용하고 편안하게 살려는 사역자는 결코 중국을 그리스도께 돌아오게 할 수 없다고 허드슨 테일러는 생각했다.

72 중국 교회의 미래는 중국인의 손에 달렸다.

73 바른 마음을 가진 사람이라면 경건한 기독교 지도자를 사랑할 것이고 그에게 순종함으로써 자유를 누릴 것이다.

74 기독교 지도자가 하나님의 인도를 구하면서 거룩해지고 시간을 내어 자신이 인도하는 사람들을 위해서 기도하기만 하면 하나님께서 그 자신과 그의 사역을 축복하실 것이다.

75 기독교 지도력은 주관하는 것이 아니라 돕는 것이다. 바르지 않은 길로 가지 않도록 지켜주며, 하나님의 영광을 위해서 그리고 자기가 지도해야 하는 사람에게 유익하도록 바른 길로 인도한다. 그러한 지도력이 있는 지도자는 거의 언제나 자신이 십자가를 짐으로써 자기가 지도하는 사람을 구한다.

76 예수께서 가난한 사람들을 얼마나 많이 도우셨던가를 생각해 보라.

77 복음을 전하는 일과 더 광범위한 육체적 필요를 채워주는 일 사이에 바른 균형을 유지해야 한다.

78 가난한 사람을 구제할 때 자기 부인의 태도가 필요하다.

| 왜 중국 옷을 입는가? |

허드슨 테일러는 중국에 와서 일 년이 되지 않았을 때부터 중국식 옷을 입는 일에 대해서 진지하게 생각하였다. 이런 생각을 하게 된 원인은 중국 문화를 깊이 존중하기 때문이었고 선교사의 역할이 어떠해야 하는지에 대한 감각이 동시대의 사람들보다 많이 앞서 있기 때문이었다. 허드슨은 중국 관습이 수천 년의 역사 속에서 중국의 기후, 역사, 지리에 가장 알맞은 형태로 발전되어 온 것이기 때문에 중국을 잘 아는 사람은 그 관습을 존중하게 된다고 하였다.

'아마도 세상에 있는 어떤 곳도 중국만큼 신앙의 자유를 폭넓게 허락한 나라는 없었을 것'이라고 그는 주장했다. 중국인이 기독교를 반대하는 유일한 이유는 그들 눈에 기독교가 사회의 어떤 계층 사람이든지 개종자를 외국식으로 바꾸려고 하는 외국종교로 보이기 때문이라는 것이었다.

┃ 자기 나라 사람이 되지 말라는 것이 아님 ┃

1875년에 차이나스 밀리언즈에 쓴 글을 보면 테일러가 중국인과 중국의 문화와 윤리를 어떻게 생각하고 있는지 잘 알 수 있다. 명목상 기독교인이라고 하는 서양인들의 집단 거주지가 중국 항구 주위에 확장되어 가고 있었는데, 허드슨은 그들의 악한 영향력에 대해 언급하며 그 서양인들의 삶이 '그 주위에 사는 이방인들보다 더 비도덕적'이라고 했다.

허드슨 테일러는 선교사나 개종자들이 유럽식 옷을 입고

121

서양식 교회를 짓는 것이 대다수의 중국인에게 복음이 빨리 받아들여지지 않는 주된 방해물이라고 보았다. 중국 기독교에 그대로 서양 냄새가 나게 할 필요는 없었다. 그것은 성경적인 것도 아니고 타당한 이유가 있는 것도 아니었다. 우리가 하는 사역은 '자기 나라 사람이 되지 말라는 것이 아니고 그리스도를 믿는 사람이 되라는 것이다.'

'기독교를 믿는 중국인, 진정한 기독교인이면서 동시에 철저히 말 그대로 중국인인 사람을 보고 싶은 것이다. 중국인 목사와 중국인 장로가 다스리는 교회, 성도들, 자기 조상의 땅에서 참되신 자신의 하나님을 예배하는 모습을 보고 싶다. 자기 조상의 관습을 유지하면서, 자기가 태어난 곳에서, 자기들이 쓰던 말로, 철저하게 중국식 건축 양식으로 지은 건물에서 예배하는 모습이 보고 싶은 것이다.'

'어떻게든 사람을 구원하기 위하여 우리 안에 죄 되지 않는 부분은 전부 중국인이 되자. 중국인의 의상을 채택하고 중국어를 습득하며 중국인의 습관을 흉내 내자. 체질과 건강이 허락하는 한 그들이 먹는 음식을 먹고 살자. 중국식 집에서 살면서 될 수 있는 대로 건강이나 일의 효율을 위해서 꼭 필요할 경우에 한해서 내부만 변경하지 외형을 불필요하게 바꾸는 일은 없도록 하자.'

'중국옷을 입으면 외국인인 것을 알게 되어도 사람들이 주위에 몰려들지는 않는다. 설교를 할 때도 사람들의 관심이 옷보다는 설교의 내용에 더 쏠리게 된다. 세탁도 수월하고 옷에 문제가 생겨도 부속품을 전국 어디에서나 값싼 비용으로 쉽게 구하여 수선할 수 있다.'

허드슨과 마리아는 이러한 생각과 비전을 가지고 사역했다. 서양에서 복음을 들고 온 사람들이 중국인의 옛 문화를 이해하고 존중해야만 중국인을 그리스도께 인도할 수 있다고 진심으로 믿었던 것이다.

| CIM이 기대했던 헌신 |

1868년 영국 본부에서 윌리엄 버거는 신임 후보자 면담을 하게 되어 있었다. 허드슨 테일러는 이렇게 편지했다. '우리 선교회는 다른 단체와 다릅니다.

어떤 사람은 우리에게 와서 '미국 선교사는 이렇게 하고 교회 선교사는 저렇게 하는데 왜 우리는 그렇게 하지 못합니까?' 하고 물을 것입니다.

'다른 선교 단체의 선교사들은 우리보다 더 나은 집에서 살고 좋은 가구를 가지고 있으며 서양 음식을 먹고 삽니다. 그렇지만 그분들은 아무도 내지에 있는 사람들과 함께 살지 않습니다. 만일 혼자 설 수 없어서 그분들과 어울려 살면서 그 생활을 좋아 살고 싶은 선교사라면 절대로 우리 선교회에 들어와서는 안 됩니다. 신임 후보자들에게 먼저 알려주세요. 우리 선교회에 들어와서 진심으로 충성스럽게 사역하면 사람들이 조롱할 것입니다. 어떤 때는 선량하고 경건한 사람이 그렇게 우리를 반대할 수도 있습니다.'

허드슨은 윌리엄 버거에게 모호하지 않은 단어를 사용해서 분명히 충고했다. '나는 내지에 살면서 현지 옷을 입고 가능한 현지인이 사는 대로 살 각오가 되어 있는 사람들의 도움만을 받고 싶습니다. 물론 그렇게 하지 못하게 되어 다른 방식으로 돕는 경우까지 막는 것은 아닙니다. 중국은 누구에게나 열려 있습니다. 그러나 내가 중요하게 생각하는 부분에서 의견이 다른 사람과 함께 일하기에는 내게 허락된 시간과 힘은 너무 부족하고 그에 비해서 해야 할 일의 분량은 지나치게 막대합니다.'

'조용하고 편안하게 살려는 사역자는 중국을 그리스도께로 인도하지 못할 것입니다. 언제든지 예수님, 중국, 영혼들을 그 무엇보다도 최우선 순위에 놓는 사역자, 심지어 자기 목숨까지도 그 다음으로 놓는 사역자를 우리는 원합니다. 그러한 사람들이라면 얼마든지 보내주십시오. 숫자가 많다고 두려워하지 마십시오. 그들은 진주보다 더 소중한 분들입니다.'

　　허드슨 테일러의 전략은 CIM 사역이 더욱 현지인 중심, 내지 중심이 되는 것이었다. 외국인의 숫자는 가능한 적은 것이 좋았다.

　　외국인은 한 성에 두 명의 선교사와 한 감독자만 두고 중요한 도시마다는 중국인 사역자, 보다 작은 장소에는 성경을 배포하는 사람을 배치하는 것이 허드슨의 궁극적인 목표였다. 그래서 중국인 사역자를 훈련할 대학을 만들 계획도 세웠다.

　　허드슨은 중국인 사역자들이 전도와 교회 개척에 점점 더 능숙해져 가는 것을 지켜보며 기뻐했다. 이제 중국 교회의 미래가 중국인의 손에 달려 있다는 사실을 의심하지 않았다.

　　'우리 외국 선교사들은 건물 지을 때 세워 놓는 발판과 같습니다. 그 소용이 없어지는 시기가 빠르면 빠를수록 좋은 겁니다. 아니 오히려 아직도 복음이 전해져야 하는 다른 곳으로 옮겨 그곳을 위해서 또 그렇게 일시적인 용도로 쓰일 수 있는 거지요. 발판이 없어도 건물이 충분히 설 수 있으면 더 좋은 겁니다.'

　　이러한 접근 방식은 오늘날 선교 전략의 근본 원리로 남아 있다.

| 주관하지 않고 돕는 것 |

테일러는 리더십에 대한 CIM의 책을 정리하면서 이렇게 썼다. '경건하게 지도한다는 원칙이 가장 중요하다. 그것이 우리 모두에게 영향을 주기 때문이다. 경건한 리더십이란 주관하지 않고 돕는 것이다. 지도하는 사람의 만족을 위해서가 아니라 하나님의 영광과 지도받는 사람의 유익을 위해서, 바르지 않은 길은 막아주고 바른 길로 가도록 인도해야 한다. 그러한 길은 언제나 지도자에게 십자가의 길이다. 지도자의 희생에 의해 지도받는 사람이 구원받게 되는 것이다. 마음이 바르면 경건한 다스림을 사랑할 것이고 그 지도자에게 순종하는 데서 자유함을 발견할 것이다.'

대리 대표를 하고 있는 존 스티븐슨에게 허드슨은 이렇게 충고했다. '모든 일에 그분의 인도하심을 구하고, 일을 하는 중에도 시간을 내어 거룩해지려고 애쓰고, 시간을 들여 사역자들을 위해서 기도하면, 주께서 계속해서 당신을 사용하시고 자기 소유 삼으시며 축복하실 것입니다.'

테일러는 융통성이 있는 지도자여서 자기가 세운 규칙을 언제 철회할 지를 알고 있었다. 1894년 여름 두 번째 아내 제인과 샨시 성도인 시안에서 CIM과 협력하고 있는 스칸디나비아 선교회 선교사들을 만나 잠시 함께 지낸 적이 있었다. 스칸디나

비아 선교사들은 CIM이 결혼하지 않은 아가씨들을 보호해 주는 남자 선교사 없이 사역을 하게 하는 일에 대해서 비판을 한 적이 있었다. 상하이 신문도 이것이 중국의 관습과 다르기 때문에 이상하게 생각할 것이며 나쁜 소문이 날 수도 있는 일이라는 기사를 낸 적이 있었다. 테일러는 그들의 말에 동의하며 바로 자리에서 여성 선교사의 행동 지침을 수정하고 중국에 도착해서 2년 이내에 결혼하지 못하게 했던 규정도 철회했다.

| 사회적 복음? |

허드슨 테일러는 역사상 가장 심했던 기근에 아주 균형 있게 대처했다. 복음을 전하는 일과 더 포괄적으로 신체적 사회적 필요를 채워주는 일 사이에서 아주 성공적 균형을 이루어 내었다. 1870년대 중국은 오랜 가뭄으로 샨시에서 시작하여 북부 지방까지 기근이 퍼져 나가 밀과 다른 곡식을 거둘 수 없었다.

1877년 초 테일러는 차이나 밀리언즈의 편집자로서 기사를 쓰면서 시편 41:1~3을 근거로 '가난하고 힘없는 자에 대한 관심'을 촉구했다. '가난한 자를 보살피는 자에게 복이 있음이여, 재앙의 날에 여호와께서 그를 건지시리로다. 여호와께서 그를 지키사 살게 하시리니 그가 이 세상에서 복을 받을 것이라…'

'자, 그러면 누가 이런 복을 받습니까? 고통스러운 장면을 보고 적은 구제금을 내놓고 값싼 동정심을 만족시키는 사람입니까? 아니면 끈질기게 자선 모금을 하여 부담을 덜려는 사람입니까?

진정한 자기 부인이라는 대가 없이 선물로 양심을 무마하고 가난하고 병든 사람을 자기 생각에서 잊어버리는 사람, 자선 기관이 맡아서 구제하지 않겠는가 하고 자신은 아무런 부담도 지지 않으려는 사람입니까? 아닙니다. 구제하여 자신의 명성이나 드러내려는 사람도 결코 아닙니다.

하나님의 복을 받을 수 있는 사람은 가난한 자를 보살피고 그들에게 생각과 관심을 기울이는 사람, 그리고 인간의 불행을 경감시키기 위해 그 개인 스스로가 자기 부인을 대가로 치를 수 있는 사람일 것입니다.'

허드슨 테일러는 시편 41편을 영적으로 해석하면 그 말씀이 지니고 있는 분명한 의미를 상실하는 것이라고 경고한다. '이것은 우리 개신교도들이 자주 빠지는 큰 위험입니다. 우리 주님은 지상에 계실 때 얼마나 많은 시간과 힘을 들여서 가난하고 헐벗고 고통당하는 자를 축복하셨습니까? 바른 동기에서 행하는 그러한 사역은 반드시 필요합니다.

그들은 하나님을 닮았습니다. 그리스도와 같은 사람들입니다.'

| 개인적인 자기 부인 |

허드슨 테일러는 '자기 부인이라는 희생'이 있는 행동을 참된 관심의 척도로 생각했다. 그래서 우창과 닝보에서 여러 단체의 선교사들이 모여서 컨퍼런스를 했을 때 함께 모금을 하자고 권유했다.

테일러는 1877년 11월, 영국에 도착하자마자 기근 모금을 호소하기 시작했다. 런던 시장, 캔터베리 주교, 그리고 다른 선교단체도 중국의 기근을 돕자고 호소를 하고 있었지만 대중의 반응을 그리 얻지 못하고 있었다. 테일러는 영국이 '중국을 파멸시키고 있는' 아편을 팔아 얻는 이익을 이틀 분만 기부해도 충분히 '중국인의 고통을 덜어줄 수' 있을 것이라고 지적했다. 그는 기근 관련 기사를 차이나스 밀리언즈에 14쪽이나 할애해서 게재했다.

1878년 테일러가 집회나 언론에 기근 관련 내용을 공론화하자 선교를 위해서 보다 기근을 위해 써달라는 헌금이 더 많이 들어왔다. 그렇기는 했지만 기근과 구제가 필요한 지역에 있는 선교사들에게 우선적으로 200여명의 버려진 아이들을 받아들이고 고아들을 돕도록 위임을 하였다. 그러고도 그 이상으로 그들을 돕고 싶어서 오랫동안 떨어져 있던 제니에게 또 가슴 아픈 제안을 하는 것이었다.

'당신 내가 아직 영국을 떠날 수 없는 것 알지요. 새로 중국으로 떠나는 선교사 일행을 인솔하여 가서 내가 갈 수 있게 될 때까지 고아원 사역을 감독해 주지 않겠소?'

제니는 당시 35세로 두 살과 세 살짜리 아기가 있었는데 2주 동안 기도해 보고는 가기로 결정했다. 2명의 여 선교사와 함께 샨시까지 가서 그곳에서 한 동안 고아와 피난민을 돌보았다. 그 고아원은 후에 폐쇄되었지만 제니와 그 동료들은 두 가지로 중요한 공헌을 하였다. 기근의 재앙으로 고생하는 수많은 중국 사람들에게 그리스도의 사랑을 베풀 수 있었고 기혼이건 독신이건 여자 선교사가 중국 내지에서 사는 일이 가능함을 여실히 보여주었다. 영국인들은 이제껏 여성 선교사들이 내지에서 살기에는 넘지 못할 장애물이 많다고 생각하고 있었다.

▎우선적으로 해야 할 일 ▎

샨시 성에서 선교사들을 위한 집회가 한 주 동안 열렸다. 테일러는 〈우선순위〉라는 주제로 말씀을 전했다. 몬태규 보챔프는 당시의 메시지를 책으로 내면서 「축복의 날들」이라는 제목을 붙였다. 테일러는 이렇게 말했다.

'하나님의 은혜가 내 영혼에서 승리할 때, 내게 힘이 있을 때, 나는 중국 사람의 얼굴을 쳐다보면서 '당신이 어디에 있든지 현재 어떤 모습이든지 하나님은 당신을 구원하실 수 있습니다'라고 말할 수 있습니다. 그렇게 하지 않고서 어떻게 아편에 빠져 있는 사람을 도와줄 수 있겠습니까? 성공하지 못하는 원인은 대부분 우리 자신이 반 밖에 구원받지 못했기 때문입니다. 우리가 완전히 구원을 받고 그렇게 고백한다면 우리는 그 결과를 볼 것입니다…'

'인간적인 모든 것, 그리스도의 충분성 밖에 있는 모든 것은 우리가 영혼을 그분께로 인도할 수 있는 정도가 될 때에라야 비로소 유익한 것이라고 생각합시다. 우리가 하는 의료 사역이 사람들을 우리에게 이끌어 그들에게 하나님의 그리스도를 나타내 보이는 기회가 된다면 의료 사역은 축복입니다. 그러나 의료 사역을 복음 전하는 것 대신으로 하는 것이라면 심각한 실수가 될 것입니다.

심령을 변화시키는 영적인 능력 대신에 학교나 교육을 우위에 둔다면 커다란 잘못입니다. 사람들이 거듭나서 재창조되는 것이 아니라 교육을 받아서 개종할 것이라고 생각하는 것도 잘못입니다. 모든 보조적인 것은 보조적인 것으로 남아 있게 합시다.

그것들을 그리스도께로 인도하는 수단, 영혼을 만나는 수단이 되게 할 때에라야 비로소 우리는 그 보조적인 것들에 대해

서 참으로 감사할 수 있게 될 것입니다. 우리 가슴속에 영광스
러운 복음만이 높아지도록 합시다. 그리고 하나님의 능력만이
사람을 구원할 수 있음을 믿읍시다.

그 외의 모든 것은 그 발아래에 놓이도록 합시다. 우리는 그
리스도로 충분합니다. 우리에게 필요한 모든 것이 그리스도 안
에 있음을 알게 될 때 우리는 결코 실망하지 않을 것입니다.'

달콤한 십자가의 열매

| 일흔아홉째에서 **백 번째**까지의 **교훈 |**

79 갈보리는 하나님이 사랑이심을 가르쳐 준다. 이 사실을 생각할 때 우리의 얼어붙은 마음은 다시 불이 붙어 빛나게 된다.

80 그리스도를 섬길 때 가치가 있는 일에는 언제나 희생이 따른다.

81 우리는 십자가를 지는 것이 예수님께만 속한 일이라고 생각할 수 있다. 그러나 누구든지 예수님의 제자가 되기 위해서는 날마다 자기 십자가를 져야만 한다. 그것이 예수님의 가르침이다.(눅 9:23)

82 바울은 십자가를 지는 것을 그리스도께서 우리를 대신해서 하신 일로만 생각하지 않고 실제적으로 순종해야 하는 일로 이해했다. 바울이 이해한 십자가는 사람들이 현재 받아들이고 있는 것과 같은 가벼운 의미가 아니라 날마다 죽는 일이었다.

83 그리스도를 따르는 사람들은 자기가 걷고 있는 길에 만족해도 좋을 것이다.

84 그리스도인에게는 권리가 없다.

85 그리스도 안에 있는 구원과 영생을 그 성격과 특성에 대해서 충분히 이해하지 못하면서 받아들일 수 있다. 잘 되기 위하여 부르심을 받은 우리의 책임은 인내와 감사, 즐거운 마음으로 그것을 위해 고난을 받는 것이다.

86 그러나 주님은 당신의 백성이 무거운 짐을 내려놓고 모든 것이 풍족하고 강하며 건강하고 행복하기를 바라신다. 그것이 주님의 뜻이다. '아무 것도 염려하지 말고 모든 일에 기도와 간구로 구할 것을 감사함으로 하나님께 아뢰라'고 하신다. 걱정되는 일을 하나님께 기도하여 그분의 완전한 평강 가운데 살라고 하신다.(빌4:6~7)

87 십자가는 그리스도인의 순례 길을 안락하게 해 주지는 않지만 대신에 달콤한 열매를 맺게 한다.

88 더욱 깊은 고난을 통해서 더욱 풍성한 축복이 오기도 한다.

89 욥기에서는 보이지 않는 세계를 가리던 베일이 걷히면서 우리에게 한 가지 사실을 가르쳐 준다. 사탄에게도 힘이 있지만 그것은 하나님의 허락 밖에서는 무력하다는 것이다.

90 하나님의 일처럼 보상이 큰 일도 없고 하나님처럼 그렇게 충실히 보상해 주시는 분도 없다. (욥에게) 시련을 주신 하나님은 또한

필요한 은혜도 주셨다.

91 (사탄이 도전해서) 욥에게 환난을 겪게 한 분은 하나님이셨다. (주님이 주셨고 그 주님이 가져가셨다.) 사탄은 하나님만이 욥에게 손댈 수 있는 분인 것을 알고 있었다.

92 사탄은 종이지 주인이 아니다. 오직 하나님이 허락하시는 한계 내에서 밖에 행동하지 못한다. 우리는 기쁜 일이든지 슬픈 일이든지 모두 하나님의 손에서 오는 것으로 받아들일 수 있다.

93 하나님은 언제나 사랑의 눈으로 욥을 보고 계셨다. 충분한 시험을 거쳤을 때 일시적인 시련은 구원의 노래로 바뀌었다.

94 욥은 혹독한 시련 속에서 번영의 시절이 가르쳐 주지 못했던 교훈을 배울 수 있었다.

95 어두움 후에 빛이 오는 것이 하나님의 질서이다.

96 물질 중심적인 시대에서는 보이지 않는 힘과 보이지 않는 대적을 과소평가할 위험성이 있다. 우리는 하나님의 전신갑주를 입어야 하고 사탄의 계략에 대비하여 깨어 있어야 한다.

97 하나님은 십자가와 겸손의 삶으로 우리를 부르신다.

98 하나님은 우리를 계속 가난하게도 하시는데 그 이유는 우리에게 금보다 귀한 것을 주고 싶으시기 때문이다. – 무력하게 그분을 의지하는 것은 금보다 귀한 것이다.

99 하나님은 무한한 주권자이기 때문에 제자들에게 당신의 기쁘신 뜻대로 행할 권리를 갖고 계시다.

100 하나님은 우리를 당혹스럽게 다루시는 이유에 대해서 전부 설명할 의무가 없으시다.

| 지나치게 십자가에 사로잡혀 있다? |

1995년 부활절을 몇 주 앞두고 영국 기독교인들은 전국 종교 광고 캠페인에 '문화적으로 방해가 된다'는 이유로 십자가가 빠져 있는 것을 보고 언짢아했다. 1995년 3월 10일자 타임지는 광고주들이 포스터에 '식상한 옛날 슬로건'인 '십자가'를 '놀라운 일!'이라는 말로 대치했다는 기사를 실었다.

교회 광고 네트워크는 '부활절 계란과 십자가 빵'을 만들지 않겠다고 했다. 광고 책임자는 이렇게 말했다. '왜 이렇게 지나치게 십자가에 사로잡혀 있는가? 우리는 요즈음 교회나 기독교 신앙에 관심 없는 사람들에게 다가가려고 시도하고 있다. 우리에게는 익숙하지만 그들에게는 식상하여 버려질 수 있는 이미지 대신에 그 사람들이 현재 서 있는 곳에 가서 그들을 만나려고 한다.'

한 교구의 대변인은 전통적인 기독교 상징이 '문화적으로 거부감을 주며 끊임없이 성경 구절을 인용하는 것으로는 관심을 끌지 못한다.'고 했다. 캠페인 조직 위원들은 '부활에 초점을 맞추어 광고를 할 것이다. 교회 밖의 사람들에게 부활절이 죽음에 대한 것이 아니라 부활에 대한 것임을 이해시키려고 한다.'고 주장했다. 그러면서 '예수께서 장사된 지 사흘 만에 살아나리라고 말했다…'는 구절 곁에 '놀라운 일!'이라는 단어를 함께 사용하여 광고했다.

부활은 허드슨 테일러에게 장래에 대한 희망을 주는 것이었다. 그렇다고 해도 십자가의 메시지를 빠뜨린 적은 없었다. 십자가는 구원의 근원, 기쁨의 근거, 날마다 제자로서 따라 살아야 하는 자신의 동기였기 때문이었다.

| 그의 가슴에 있는 하나님의 사랑 |

허드슨은 중국에서 여동생 아멜리아에게 보낸 편지에 자기가 얼마나 하나님을 사랑하는지, 그리고 하나님의 사랑이 가장 밝게 빛나는 곳이 어디인지에 대해서 이렇게 썼다.

'하나님의 장엄하심을 묵상하면 무언가 숭고해지는 느낌이다. 그분의 지혜, 능력, 무소부재 등도 늘 마음에 품고 묵상하고 싶은 주제이다. 왜냐고? 그분의 빛나는 영광을 볼 수 있기 때문이지. 비록 희미하기는 해도 예수 그리스도의 얼굴에서 우리는 하나님의 빛나는 영광의 파편을 보았다. 그것은 하나님 자신의 모습이었어. 그리고 그 갈보리에서 하나님은 사랑이시라는 진리를 배웠지. 우리가 예수님의 속성들을 마음에 품고 즐겨 묵상하는 이유는 그것이 하나님 아버지의 속성이기 때문이야. 그것을 생각하면 가난하고 얼음 같이 차디찬 우리의 심령은 다시 불타올라 빛나게 된다. 그러한 생각이 우리의 눈물샘을 터뜨리고 경배하는 사랑과 감사의 마음을 갖도록 우리를 녹인다.' 이것이 허드슨의 일생을 지탱하는 확신이었다.

❙ 지상에서 가장 좋은 선물 ❙

1857년 허드슨은 20세 된 마리아 다이어와 사랑에 빠졌다. 마리아는 인기 있던 아가씨였고 중국에 있던 다른 선교 단체의 사람들은 심하게 반대를 하였다. 그럼에도 불구하고 그 둘은 결혼하여 닝보 언덕에 있던 수도원에서 3주간 신혼 기간을 보냈다. 그는 집에 이런 편지를 보냈다.

'오, 정말로 사랑하는 사람과 결혼하는 일은 어떤 말로도 표현할 길이 없는 천국의 기쁨이에요. 여기에는 실망이 전혀 없습니다. 사랑하는 사람의 마음을 더 알아갈수록, 저에게 있는 것과 같은 보물을 사람들이 가진다면, 날마다 더 자랑스럽고 더 행복하며 세상의 모든 선물 중에서 가장 좋은 선물을 주신 선하신 하나님께 더 겸손한 마음으로 감사할 것입니다.'

┃사랑하는 사람들로 천국을 채우면서┃

8살 난 그레이스 테일러가 뇌막염을 앓을 때 허드슨은 윌리엄 버거에게 이렇게 편지했다.

'사랑하는 형제여, 어떤 말을 써야 하고 어떤 말을 삼가야 할지 모르겠습니다. 왕 중 왕이 계신 내면의 방, 그 거룩한 곳에서부터 이 글을 쓰고 있는 느낌입니다. 사랑하는 어린 딸 그레이스가 죽어가고 있는 긴 의자 곁에서 몇 자 쓰려고 애쓰고 있는 중이지요. 사랑하는 형제여, 우리의 마음과 육체는 쇠잔해가지만 하나님은 우리 심령의 힘이시고 영원한 우리의 분깃이십니다. 이 땅과 이곳 백성과 기후를 알아가면서 사랑하는 아내와 사랑스러운 아이들을 이 봉사의 제단 위에 바쳤던 일은 헛되거나 몰지각한 일이 아니었습니다.'

4일 후 그레이스는 폐렴 증세를 보였다.

8월 23일 금요일 밤 테일러 가족은 가까운 친구들과 함께 그레이스의 침상에 둘러앉았다. 허드슨은 연이어 찬송가를 불렀는데 가끔씩 목소리가 나오지 않기도 했다. 마리아는 이제는 의식이 없는 그레이스를 고개 숙여 바라보며 앉아 있었다. 8시 40분 그레이스의 호흡이 멎었다.

메어리 보이어는 그 날 밤 그레이스처럼 죽은 얼굴이 아름다운 것은 본 적이 없다고 했다. 지상에서 볼 수 있는 가장 사랑스러운 모습이었다.

허드슨 테일러는 이런 기록을 남겼다. '사랑하는 딸 그레이스! 얼마나 그 목소리가 그리운지 모르겠다. 일어나면 아침 첫 시간에 반기던 그 목소리, 하루 종일 밤 잘 때까지 들리던 사랑스러운 그 목소리가 참으로 그립다. 산보할 때면 곁에서 가볍게 폴짝거리며 따라오곤 하던 아이 생각이 고통스럽게 떠오른다. 이제 다시는 내 손을 잡던 그 작은 손의 감촉을 느낄 수 없단 말인가? 그 사랑스러운 입술이 재잘대는 소리를 더 이상 들을 수 없단 말인가? 그 밝은 눈이 반짝이던 모습을 더 이상 볼 수 없단 말인가? 그 모든 것이 믿어지지가 않았다. 아니다, 그레이스를 잃어버린 것이 아니다. 정원사가 오셔서 장미꽃을 꺾으신 것이다.'

그 후 3년도 지나지 않아 테일러의 아이들 중 두 명이 더 죽었다. 이번에는 33살 밖에 되지 않은 마리아도 함께 잃었다. 전지앙 집에는 아직 살아남은 아이들이 네 명이 더 있었다. 허드

슨 테일러는 아이들에게서 벗어나 홀로 앉아 생각했다. '몇 달
전만해도 식구들이 가득했던 집이 이제는 너무도 조용하고 텅
비어 쓸쓸하구나. 사무엘, 노엘, 소중한 아내가 예수님과 함께
있다. 큰 아이들은 멀리 멀리 떨어진 곳에 있고 어린 찰스마저
양저우에 있으니. 최근 들어 해야 할 일들 때문에 사랑하는 가
족과 떨어져 있어야 할 때가 많았다. 그래도 집에 돌아오면 따
뜻하게 맞아주는 식구들이 있었는데… 그런데 지금은 혼자이
구나. 이제 다시 돌아오지 못하고 반가운 귀향도 기대할 수 없
게 되었단 말인가? 나에게 그렇게 소중한 식구들이 저 차가운
잔디 아래 누워 있다는 것이 현실이 아니고 그저 슬픈 꿈이면
좋겠다. 그러나 아! 그것은 전부 사실이다. 그렇지만 더 이상 이
별이 없는 본향이 나를 기다리고 있다. '내가 가서 너희 있을 곳
을 예비하러 간다.'고 하셨으니 우리가 사랑하는 사람들로 천국
을 채우심은 그 예비하심의 일환이 아닌가?'

| 자기를 부인하고 십자가를 지고 |

1882년 12월, 허드슨 테일러는 중국에서 해야 할 일이 약간
남아 있어서 제니와 14달 동안 헤어져 있었다. 그때 편지에 머
지않아 다시 만날 수 있기를 바란다고 하면서 가슴 아픈 질문을

했다. '그리스도를 섬기는 일에 희생이 없이 가치 있는 일이 있 겠소?' 예수님은 '아무든지 나를 따르려거든 자기를 부인하고 날마다 자기 십자가를 지고 나를 따를 것이니라.'(눅 9:23)라고 했다. 이 구절에 대하여 허드슨은 이렇게 주석하였다. '우리는 예수 그리스도의 생애 중 그분께만 속한 것이 한 가지 있다면 그것은 십자가를 지는 것이었다고 당연히 생각할 수 있다. 그것 은 당연한 생각이 아니다. 왜냐하면 주 예수께서 누구든지 그분 의 제자가 되려고 하는 사람은 반드시 자기를 부인해야하고 날 마다 자기 십자가를 지고 주님을 따라야 한다고 하셨기 때문이 다. 자기 부인은 해도 되고 안 해도 되는 일이 아닌 것이다.

'이 권면을 따라야 하지 않겠는가? 우리는 그러한 행동이 그 리스도께 합당한 것이 아니라는 생각조차 하지 못하고 늘 자기 도 모르는 사이에 방종과 자기주장에 빠지게 되지 않는가? 틀림 없이 자기부인은 제멋대로 하는 탐닉보다 훨씬 위대한 것이다.

'우리는 믿는 사람들로서 그리스도와 함께 십자가에 못 박 혔다고 고백한다. 바울도 같은 생각을 했지만 그것을 예수만이 하신 일로 전가하지 않았다. 바울에게 그것은 실제적인 행동이 따라야 하는 일이었다. 현대인이 가볍게 표현하는 대로 '날마다 십자가를 진다'고 말하지 않고 바울은 '나는 날마다 죽노라.'고 했다. 그러므로 '가까운 이의 죽음을 자주 경험했던' 허드슨은 사역하는 가운데 만나는 역경이나 위험에 놀라지도 않았고 걸려 넘어지지도 않았다.

| 우리에게 권리가 있는가? |

폴 존슨 기자는 1995년 3월 24일 타임지에 이렇게 기고했다. '전통적인 사회는 종교가 그 근간에 있었기 때문에 의무에 순종하는 사회였다. 엄격히 말해서 중세 기독교의 사회에서는 사람들에게 권리가 없었다. 오직 하나님께만 권리가 있었다. 다른 사람들은 하나님과 서로에 대해서 의무만 있을 뿐이었다. 불행하게도 권리를 기초로 한 조직에는 치명적인 약점이 있다.' 많은 사람들이 존슨 기자의 말에 동의한다. 오늘날 권리에 대해서는 지나칠 정도로 강조를 하는 반면 의무에 대해서는 충분히 강조하지 않고 있다는 것이다.

허드슨 테일러도 같은 말을 했다. '하나님께서는 우리의 권리나 주장, 마땅히 누릴 수 있다고 생각하는 것에 대해서 어떻게 말씀하시는가? 우리 구주께서 마태복음 18:23~25의 비유에서 '내가 너를 불쌍히 여김과 같이 너도 네 동료를 불쌍히 여김이 마땅하지 아니하냐?(33절)'고 하시면서 우리에게 무엇을 가르치려고 하셨는가? 그러한 상황에서 그 종은 자기 동료에게 자기의 권리를 주장할 수 있는가?'

'이렇게 자기를 주장하지 않는 자기부인의 원리는 손이 닿을 수 없는 먼 곳에 있는 것이 아니다. 우리 주님은 빌라도의 법정에서 자기주장을 하지 않고 아버지의 신원을 기다리며 자기를 부인하고 십자가를 지셨다. 우리는 어떠해야 하는가? 서양 여러 나라의 시민들처럼 자신의 명예와 권리를 찾기에 급급해서야 되겠는가? 우리 주인되신 주께서 원하시는 것은 그분이 지상에서 지니셨던 품성을 반사하고 지상에서 사셨던 모습대로 살아서 그분을 증거하는 것이지 않은가?'

| 고난으로의 부르심 |

'선을 행함으로 고난을 받고 참으면 이는 하나님 앞에 아름다우니라.'(벧전 2:20~21) 그리스도인의 부르심은 우리의 영광스러운 머리되신 주님의 인격과 사역처럼 믿지 않는 사람들에게는 이해되지도 않고 매력도 없는 것이다. 세상의 판단 기준으로 보면 예수님은 고운 모양도 없고 풍채도 없으며 우리가 흠모할만한 아름다운 것이 없었다. 그리스도로 말미암아 구원과 영생을 얻기는 하지만 그 특권이나 성격, 부르심의 책임에 대한 이해가 아주 부족할 수 있다.

'그러면 우리는 무엇을 위해서 부르심을 받았는가? 선을

행하기 위해서이다. 그것을 위해서 고난을 받고 참기 위해서이다.'

'훌륭한 부르심이군!' 믿지 않는 사람들은 혐오하며 돌아선다.

'유감스럽지만 그 말이 맞아.' 많은 사람이 바르다고 하면서도 유감스러워한다.

'아버지, 감사합니다. 그것이 당신 눈에 좋아 보이는 것이지요.' 이렇게 말하는 사람은 믿음이 강한 사람이다.

'하나님은 성령이 위의 질문에 대한 답을 기록하신 이래로 변하지 않았다. 사람도 변하지 않았다. 영혼의 대적도 마찬가지로 그대로이다.

'하나님께서는 어떤 일이라도 아무렇게나 행하는 분이 아니다. 그분의 모든 행동은 완전히 선하고 지혜롭다. 우리가 고통을 당하도록 부르심을 받았다면 인내해야 한다. 아니 단순한 인내가 아니라 감사와 기쁨이 그 안에 있어야 한다. 바른 관점에서 보면 오히려 감사와 기쁨이 넘쳐야 하는 충분한 이유가 있는 것이다. 초대 교인들은 가진 것을 기쁘게 빼앗겼고 자기들을 악하다고 할 때 크게 기뻐했다.

그 이름을 위하여 능욕 받는 일에 합당한 자로 여겨짐을 기뻐했다. 그것은 그들이 바보이거나 정신이 이상했기 때문이 아니었다.'

| 스트레스 다루기 |

1876년 가을, 허드슨 테일러는 자기가 할 수 있는 일보다 네 배나 일이 많다고 푸념하고 있었다. 일생 동안 반복해서 앓았던 이질을 앓고 있었고, 네 번째 중국으로 가는 도중에 처리하려던 서류 박스를 전지앙에 도착해서야 찾을 수 있었다. 찰스 피시 비서가 영국으로 돌아갔는데 후임이 없었고 설상가상으로 바로 그때 선교회의 잡지인 차이나스 밀리언즈를 출판해야 했다.

하루의 일과를 마치면 어떤 때는 새벽 두세 시가 되었는데, 테일러는 오르간 앞에 앉아 좋아하는 찬송가를 연주하곤 했다.

예수여,
주님의 존재가 주시는 기쁨 안에
나는 쉬네, 쉬고 있네.
사랑하는 가슴의 위대하심을
발견하고 있네.

한 번은 테일러 곁에 편지가 쌓여 있었는데 여러 CIM 멤버들이 당하고 있는 위험과 문제를 호소하는 내용이었다. 테일러는 책상에 기대어 편지들을 읽다가 휘파람으로 위의 찬양을 부르기 시작했다. 예수여, ~ 나는 쉬네, 쉬고 있네.

곁에 있던 동료가 물었다. '친구들이 그런 위험 가운데 있는데 어떻게 노래를 부를 수 있습니까?'

'내가 여기 앉아서 이 모든 일로 마음을 끓이고 있다고 해도 그분들에게는 도움이 되지 않고 나는 나대로 해야 할 일을 하지 못하게 됩니다. 그저 그 짐을 주님께 맡기는 수밖에 없지요.'

┃무거운 짐을 내려놓고 강하며 건강하고 행복하기 ┃

허드슨 테일러는 1887년을 거의 영국에서 지냈는데 말할 수 없이 바빴던 한 해였다.

제일 힘들었던 순간에는 '완전히 지쳐버려서 이것이 끝이면 좋겠다고 소원하고 싶은 유혹까지 있었다. 그렇지만 하나님은 약한 자에게 힘을 주신다.'고 동료에게 고백하기도 했다.

5월 21일이 55세 맞는 생일이었고 26일은 CIM을 세운 지 21년이 되는 날이었다. 허드슨은 설립 기념 설교에서 자기가 그 모든 스트레스를 감당할 수 있었던 비결을 어떻게 배웠는지를 이야기했다. '주님은 성도들이 무거운 짐에 눌려 있는 것을 원하지 않으십니다. 당신의 백성이 충분히 공급받고 강하며 건강하고 행복한 것이 주님의 뜻입니다. '아무 일에도 염려하지 말고 모든 일에 기도와 간구로 감사함으로 아뢰겠다.'고 결심해야 하지 않

147

겠습니까? 마음에 짐이 되거나 걱정되는 일을 하나님께 기도하여 그분이 주시는 완전한 평화 속에서 살아야 합니다.'

'내가 하는 일이 주님의 사역이라는 것을 배운 아래로 나는 걱정 근심을 몰랐습니다. 내가 살면서 할 일은 하나님을 기쁘시게 하는 것이었습니다. 그분과 함께 빛 가운데 거하면서 나는 문제를 짐이 되도록 까지 지니고 있지 않았습니다.'

| 십자가는 시간이 흐른다고 해서 더 편안해지는 것이 아니다 |

첫 미주 CIM 선교사 일행을 태우고 중국으로 가면서 테일러는 CIM 멤버 중 두 명이 죽었다는 소식을 들었다. 그러한 시련이 계속되었는데 그 때 이런 글을 썼다. '시련이 파도처럼 연속 밀려온다. 날마다 그 이상 감당할 수 없을 정도이다.

하나님께서 날마다 그 일에 대하여 '그럼에도 불구하고 라고 말할 수 있겠나?'라고 하시는 것 같다. 그러나 아무리 육신이 연약해져도 주님은 내 영혼을 지키고 계시고 앞으로도 지켜 주실 것이다. 밤낮으로 밀려오는 시련 때문에 견디기가 힘들다. 그러나 나는 주님이 하시는 일이기 때문에 괜찮아질 것을 안다. 그렇지 않다면 그런 일을 만나지 않았을 것이다.'

상하이에서 옆방에 머물던 한 동료의 딸을 돌봐야 했다. 그 딸은 정신 이상이 되어 서류도 찢고 자기 옷도 찢고 있었다. 런던의 이사들과 영국에 있던 CIM 친구들은 북미주에 CIM 지부를 세운다는 그의 결정을 승인하지 않았다.

'한 마디로 사탄이 날뛰고 있었던 거지요. 온 땅을 공격하고 있어서 마찰이 심했던 겁니다. 그러나 우리 대장이 전능하시니 나는 약해져야 합니다. 이전에도 어려운 시기를 지난 적이 있지만 내가 약해져야 한다는 것은 몰랐던 것 같아요.' 집에 있는 제니에게 보낸 편지였다. 당시는 제니와 몇 달 간 떨어져 있던 때였다. '당신을 오랫동안 떠나 있으니 삶의 기쁨이나 능력이 나에게서 다 빠져나가는 것만 같소… 곧 만날 수 있다고 생각하다가 지체되니 병이 날 지경이오. 그래도 희망을 떨쳐버릴 수가 없어요. 사모하는 마음이 생각할 힘을 앗아가고 있소. 십자가는 시간이 지난다고 해서 더 편안히 질 수 있는 것이 아니네요. 그렇지 않소? 그렇지만 달콤한 열매를 맺지요.'

ㅣ 내일 일을 염려하지 말라 ㅣ

'내가 너보다 앞서 가서 험한 곳을 평탄하게 하리라.'(이사야 45:2) 이 구절은 주님께서 친히 해주신 격려의 말씀이다. 그

149

것은 내 영혼에 안식을 주는 말씀이었고 기쁨이 되는 잔치 상이었다. 지난 날 도저히 넘을 수 없을 것 같던 어려움을 겪으면서 은혜가 되었던 것과 마찬가지로 오늘날에도 새롭고 소중한 말씀이다.

'사탄은 우리에게 오늘의 은혜로 내일의 짐까지 지게 하려고 하고, 앞으로 다가올 어려움을 멀리서 희미하게 보면서 미리 걱정하고 실망하게 하려고 한다. 그리하여 '내일 일을 염려하지 말라'(마4:6), '아무 일에도 염려하지 말고'(빌4:6)라고 하신 분명한 지침에 불순종하도록 우리를 꼬드긴다. 그러나 '내가 너보다 앞서 가겠다'와 같이 안내자 없이 보내지 않으신다는 말씀이나 '나를 따르는 자는 어두움에 다니지 않는다.'(요8:12)고 확신 있게 하시는 말씀 안에 쉴 수 있으니 얼마나 큰 특권인가! 하나님은 '험한 곳을 평탄케 하리라.'고 하신다. 즉 험한 곳에 와 보니 이미 넘지 못할 것 같던 어려움이 이미 제거되어 있고 대적은 여호사밧 때처럼 이미 서로 싸워 죽어 있을 것이다. 그리하여 전리품을 취하고 송축할 것이다. 골짜기가 싸움터가 아니라 찬양의 제목이 되는 것이다.'

'중국에서 언제나 그러한 일이 반복되었다. 본국에도 그와 같은 간증이 많을 것이다. 도저히 해결할 수 없었던 가정의 문제, 직업이나 사업의 난관, 영적 환난, 또는 주를 위한 봉사에 어려움이 있었을 때 평화가 깨지고 실망했다. 그러나 그것을 주님께 올려드리고 주께서 해결해주시도록 맡겼을 때, 즉 '모든 일에 기도와 간구로 감사함으로 하나님께 아뢰었을 때'(빌 4:6) 약속해 주셨던 하나님의 평화가 마음을 감싸면서 모든 염려와 걱정을 맡아주셨다. 그리고 결국 그 어려움은 괴롭히는 힘을 잃고 험한 곳은 평탄하게 되었다. 뒤돌아볼 때 모든 문제가 다루어지고 해결되었음을 볼 수 있었다.'

| 새로운 종류의 시련 |

1898년 11월, 66세가 된 허드슨 테일러는 제니와 서부 중국을 여행하고 있었다. 양자강 상류로 몇 백 킬로를 올라가는 길이었는데 처음에는 증기선을 타고 그 다음에는 한 겨울에 급류를 뚫고 나갈 수 있는 구식 배를 구해서 탔다. 중간 쯤 갔을 때, 호주 선교사 윌리엄 플레밍의 죽음 소식을 들었다. 남서부 꾸이쩌우 성에서 친구이자 조수였던 판쇼우산과 함께 살해당했다는 것이었다. CIM의 첫 순교자였다.

존 스티븐슨에게서 온 편지는 다음과 같았다. '얼마나 슬픈 소식이었는지! 순교자가 된 것은 축복이지만 중국과 친구들, 그리고 우리에게는 슬픈 일이었습니다. 슬플 뿐 아니라 불길합니다. 하나님께서 새로운 종류의 시련으로 우리를 시험하는 것만 같습니다. 우리는 새롭게 '하나님의 전신갑주'로 무장하고 있어야겠습니다. 의심할 바 없이 그것은 더 큰 축복을 의미하는 것일 테지만, 그렇다고는 해도 더욱 깊은 고난을 통해서일 것입니다. 힘써 주님을 의지하고 능력을 덧입어서 이러한 시험으로 인해 사역에 깊이와 넓이가 더해질지언정 방해를 받지 않도록 기도합니다.' 이것은 의화단의 난의 전조를 알리는 예언과도 같았다.

┃끊겼던 문장 ┃

1900년 5월 허드슨 테일러는 보스턴에서 미국의 전도자이며 성경 교사이고 작가였던 A. T. 피어슨 박사와 함께 집회를 인도하고 있었다. 한 모임에서 허드슨은 생각의 가닥이 끊겼는지 두 문장을 계속 반복해서 말하고 있었다.

'주님을 향한 믿음이 약할 수는 있지만 지나치게 강한 믿음이란 결코 있을 수 없습니다.' '우리는 미쁨이 없을지라도 주는 항상 미쁘시니 자기를 부인하실 수 없으십니다.'(딤후2:13)

피어슨은 허드슨을 돕기 위해서 대신 강단에 섰다. 후에 그 사건에 대해서 회상한 글이 있었다. '같은 말의 반복으로 허드슨 테일러의 건강이 악화된 것이 처음으로 드러나 사람들은 애

처로워했다. 그것은 그가 일평생 선교의 일을 하면서 자신과 동료들에게 반복해서 들려주던 말이 아니었을까? 그 끊어졌던 문장은 그가 한평생 하나님께 자신을 구별하여 드리면서 기댔던 버팀목이었던 것이다. 얼마나 복된 말이었는지!'

테일러는 스위스에서 요양을 시작하면서 이렇게 말했다. '나는 책을 읽을 수가 없다. 생각도 할 수 없고 기도조차 할 수 없다. 그런데 믿을 수는 있다.'

| 욥기의 교훈 |

허드슨 테일러는 욥기에 대해서 이렇게 주석했다. '보이지 않는 세계의 장막이 걷히니 우리의 대적 사탄의 힘이 대단한 것이 보인다. 그러나 또 한편으로 하나님 우리 아버지의 허락이 없으면 사탄이 얼마나 무력한지도 알게 된다.'

'사탄은 신자가 슬픔이나 시험을 당할 때 하나님이 자기에 대해서 화를 내고 계신 것으로 생각하도록 유도하여 괴롭힌다. 아니다! 우리 하나님 아버지는 자녀가 시험 당할 때 오히려 믿음으로 그분께 나아가는 것을 기뻐하신다. 아브라함을 예로 들어보자. 하나님은 당신의 종을 완전히 믿었기 때문에 주저 없이 그를 불러서 사랑하는 아들을 바치라고까지 하셨다. 욥의 경우에는 사탄이 욥에 대해서 하나님께 도전한 것이 아니라 하나님 께서 먼저 그 대적에게 욥에게서 흠을 찾아볼 수 있느냐고 도전 하셨다. 두 가지 사건의 경우 모두 은혜가 승리하였고 그 인내 와 충성심에 보상이 있었다.'

'사탄의 대답은 주목할 만하다. 그는 하나님의 종을 유의해 서 보았을 것이고 틀림없이 욥에 대해서 잘 알고 있었을 것이 다. 하나님이 사랑하시는 종을 괴롭히고 방황하게 하려고 악한 사탄이 사용했던 온갖 수단과 방법은 효과가 없었다. '주께서 그와 그의 집과 그의 모든 소유물을 울타리로 두르고 계신 것' 을 사탄은 알게 되었다. 그렇게 보호를 받고 있다니 얼마나 복 된 상태인가!'

'오늘 날에는 그와 유사한 영적 축복이 없는가? 감사하게도 오늘 날에도 있다. 모든 신자는 안전하게 보호 받고 있고 욥과 같이 풍성한 축복을 받고 있다.'

'참소자는 욥의 품성에나 삶에서 아무런 흠을 찾지 못하자 그것이 모두 이기심에서 나온 것이라고 둘러말한다. '욥이 아무 이유 없이 하나님을 경외하겠습니까?' 사실 욥에게 이유가 있 었다. 사탄도 그 사실을 잘 알고 있었다. 누구라도, 언제라도 하 나님을 경외하는 이유가 있다. 하늘에 계신 우리의 주인을 섬기 는 일보다 더 크게 보상 받는 일은 없다. 그렇게 훌륭하게 보상 해 주는 분을 다른 곳에서는 찾아볼 수 없다. 사탄은 맞는 말을 하고 있었다. 그런데 교묘한 암시 – 욥이 하나님을 섬기는 것은 그 보수를 받기 위해서 이다? –는 사실이 아니었다. 사탄은 욥을 시험해보라는 허락을 받았고 욥은 그 사실에 대해서 스스로를 변호해야 했다.'

'그래서 사탄은 경건한 사람에게 연거푸 재앙을 내림으로 그의 사악한 성격을 드러내었던 것이다.'

▎욥이 잘못 생각했는가? ▎

'시험을 허락하신 하나님은 또한 필요한 은혜도 주셨다. 욥은 비웃는 아내에게 이렇게 대답한다. '주신 이도 여호와시요 거두신 이도 여호와시오니 여호와의 이름이 찬송을 받으실지니이다'

'욥이 잘못 말한 것이 아닌가?' '주님이 주셨고 사탄이 가져갔다'고 해야 하지 않았는가? 아니, 그것은 잘못한 말이 아니었다. 그는 이 모든 재앙 가운데에서 하나님의 손을 식별할 수 있었다. 사탄은 감히 자기가 욥을 괴롭히겠다는 요구를 하나님께 하지 못했다. 하나님께 이렇게 말했다. '당신의 손을 펴서 그가 가진 것을 치십시오. 그러면 틀림없이 주를 향하여 욕할 것입니다.'

155

'당신의 손을 펴서 그의 살과 뼈를 치십시오. 그러면 틀림없이 주를 저주할 것입니다.' 사탄은 욥에게 손댈 분은 하나님 외에는 없다는 것을 알았다. 그리고 욥도 주님이 하신 일이라고 제대로 깨닫고 있었다. 사탄은 종에 불과하지 주인이 아니며, 사탄이나 그의 충동으로 악하게 대하는 사람도 하나님이 허락하는 한도 내에서 그렇게 하는 것임을 명심하는 것이 도움이 될 때가 많다. 하나님의 계획된 모략 속에서 그분이 미리 아시는 가운데 그러한 일이 일어난 것이다. 우리는 기쁜 일이건 슬픈 일이건 언제나 모두 하나님의 손이 관여하신 일로 받아들이면 되는 것이다.

'욥의 친척들도 그를 버리고 가까운 친구들도 그를 잊은 것 같았다. 자기 집에 사는 사람들도 그를 이상하게 여기고 종들은 불러도 대답을 하지 않았다. 무엇보다도 제일 나빴던 일은 자기 아내가 그에게서 등을 돌린 일이었다. 주위 사람들은 틀림없이 그가 하나님의 원수가 되었다고 생각했을 것이다.'

'그런데 그렇지 않았다. 하나님은 온화하신 아버지의 사랑으로 내내 지켜보고 계셨다. 길고 길었던 시험은 그래도 잠시였고 그 후에는 영원한 구원의 노래를 부를 수 있었다.'

┃번영이 가르쳐줄 수 없었던 교훈 ┃

'하나님이 당신의 종에게 주시는 축복은 작은 것이 아니다. 이 환난의 기간 동안 욥은 모든 일이 잘 되고 있을 때 배울 수 없었던 교훈을 배웠다. 조급해서 했던 실수를 고칠 수 있었고 하나님에 대한 지식을 더 깊이 가질 수 있었다. 자기가 이전에는 하나님에 대해서 귀로만 듣고 남이 해주는 말만 듣고 알고 있었는데 이제는 자기 눈으로 직접 보았기 때문에 그분을 더 잘 알게 되었다고 고백한다. 그리고 그 일 후에 욥은 140세까지 살았고 자녀와 그 후손을 4대까지 볼 수 있었다.'

'그렇게 욥의 번영이 복된 것이었다면 그의 역경도 복된 것이 아니었는가?' '저녁에는 울음이 깃들일지라도 아침에는 기쁨이 오리로다.'(시편 30:5)는 말씀대로 그 울어야 했던 밤에 즐거웠던 날보다 더 풍성하고 영원한 열매를 맺은 것이다. 어두움 후에 빛이 있는 것이 하나님의 질서이다.'

'오늘 날 물질주의가 너무 깊이 박혀 있어서 보이지 않는 세계의 작용에 대해서 잊어버릴 위험성이 있다. 보이지 않지만 우리를 상대하고 있는 대적의 힘을 과소평가하지 말자. 보이지 않는 대적이 그 배후에 있는 것만 아니라면 보이는 대적을 다루기는 비교적 쉬운 일이다. 우리는 하나님의 전신갑주를 입어야 하

157

고 사탄의 궤계에 대해서도 무지하면 안 된다. 하나님 한 분만이 전능하시다는 진리를 소중하게 간직하자. '만일 하나님이 우리를 위하시면 누가 우리를 대적하리요?' (롬 8:31)

| 하나님은 무한하신 주권자 |

1874년은 아주 힘들고 어려운 해였다. 척추를 심하게 다쳐서 오랜 시간 혼자 있으면서 많이 생각하며 기도하고 있었다. 그때 허드슨은 평소와 달리 아주 도전적인 글을 썼다. 당시 42세였는데 그때 묵상하며 쓴 글이 그의 사후에야 발견되었다. 짐 브룸홀이 관찰했던 대로 그 글들은 '허드슨의 영혼의 창문을 열어주었고 어떤 대가를 치르고서라도 그리스도와 같이 되고 싶어 했던 그의 참 모습을 보여주고 있었다.'

'하나님이 당신을 모든 면에서 최대한 예수님을 닮게 하기 위하여 부르신 것이라면, 그분은 당신을 십자가와 겸손의 삶으로 이끄실 것이고 온전한 순종을 요구하셔서 결코 예수님 이외의 다른 사람을 따르도록 허락하지 않으실 것이다. 다른 선량한 사람들에게는 허락하시는 일인데 당신은 못하게 하는 일도 많을 것이다. 다른 신자들이나 성직자들이 유용하다고 생각하여 하는 일들을 당신은 할 수 없을 것이다. 그러한 일을 당신이 하려고 시도할 때 일이 잘 안되어 주가 꾸짖으시는 것을 경험하고 깊이 후회할 것이다. 다른 사람은 자기 자신이나 사역, 성공, 자기가 쓴 글을 자랑할 수 있지만 성령께서는 당신이 그러한 일을 하는 것을 허락하지 않으실 것이다. 허락하지 않으시는데 그런 일을 하면 치욕스러운 일을 당하고 당신과 당신이 했던 선한 사역을 혐오스럽게 만들 것이다.'

'다른 사람은 돈도 잘 벌게 해주시는데 당신은 계속 가난하게 만드실 수 있다. 왜냐하면 당신에게는 금보다 훨씬 더 좋은 것을 갖게 하고 싶으시기 때문이다. 그분을 전적으로 의지하여 보이지 않는 보물 창고로부터 날마다 친히 공급해 주시는 특권을 누릴 것이다. 주님은 다른 사람에게는 명예를 주시고 앞으로 나아가게 하시는데 당신은 드러나지 않는 곳에 무명의 사람으로 있게 하실 수 있다. 그늘에서 생산되는 향기로운 열매를 특별히 재림의 영광을 위해서 예비하고 싶으시기 때문이다. 다른 사람은 그분을 위해서 일하도록 하시고 이름도 나게 하시는데 당신은 애써 일을 하기는 하는데 그 일을 위해 얼마나 수고하는지는 아무도 모른다. 더구나 당신의 일을 더욱 소중하게 하기 위해 당신이 한 일인데 다른 사람에게 그 공이 돌아가게도 하신다. 그렇게 되면 예수님이 다시 오실 때 당신의 상은 열배로 많아질 것이다.'

'성령께서는 당신을 특별한 잣대로 관리하신다. 시기하시는 사랑으로, 다른 성도들에게는 그냥 지나치실 일도 당신에게는 사소한 말이나 감정, 약간의 시간 낭비도 지적하며 꾸짖으신다. 그러니 단단히 마음을 먹으라. 하나님은 무한하신 주권자이셔서 마음대로 하실 권리가 있으시다. 그리고 당신을 다루시는 일 가운데 이해가 되지 않는 것이 수천 가지 있어도 아무런 설명을 하지 않으실 수 있다. 그분은 당신이 온전히 그분의 종이 되겠다고 할 때 질투하시는 사랑으로 당신을 감싸 안으신다. 그리고 다른 사람은 아무 갈등 없이 하고 있는 말이나 행동을 당신에게는 허락하지 않으신다.'

'당신을 성령께서 직접 다루시도록 해야 한다. 영원히 그렇게 하라. 그분이 당신의 혀를 재갈 먹이고 손을 묶으며 눈을 감게 하는 권리를 가지셔야 한다. 다른 사람은 그렇게 대우하지 않으신다. 이제 당신이 살아계신 하나님께 그렇게 사로잡히면 성령께서 후견인이 되어 개인적으로 아주 특별하게 돌보아 주시기 때문에 마음속 깊은 곳에 기쁨과 즐거움이 있다. 그럴 때, 당신은 하늘로 통하는 길을 발견하게 될 것이다.'

21세기를 향하여

허드슨 테일러의 죽음 이후 90년이 되었을 때, 그가 세운 단체는 21세기를 맞게 되었다. OMF에는 '아시아와 그 외의 나라에 사는 동아시아 사람들에게 예수 그리스도의 사랑을 전하고 보이기 위해서' 헌신하고 있는 남녀 선교사들이 있다. OMF는 이미 교회가 있는 곳에서는 현지 신자들과 함께 일하고, 기독교인이 없는 곳에서는 전략적인 장소에서 전략적인 민족에게 들어가 전도하려는 목표를 가지고 있다. OMF 선교사들은 교회가 없는 지역에 교회를 시작한다.

OMF는 병자, 알코올 중독자, 착취당하는 자, 학대받는 자, 가난한 자, 잘 살지만 외로운 자, 젊은이나 노인, 종교적인 자와 무신론자 등 소외된 사람들을 돌보는 일을 한다. 하나님은 1865년 이래로 OMF 선교사들을 버리신 적이 없었고, 당신의 교회를 친히 세우시 겠다고 약속을 하셨기 때문에 OMF 선교사들은 희망으로 충만하다.

아시아는 21세기에 세계 경제력의 중심이 될 것이다. OMF에 더 많은 나라 출신의 멤버들이 들어오기 때문에 연방적인 구조로 움직이고 있는 중이다. 전도와 성경 교습을 중점적인 사역으로 하면서 중국을 비롯한 동아시아 국가에 전문인을 파송하는 일을 새로 시작하였다. 영국의 데이빗 엘리스는 '아시아를 그리스도께 인도하기 위해서는 창조적이 되어야만 한다.'고 말한다.

변하지 않는 것들이 있다. 하나님은 변하지 않았다. 아시아를 그리스도께 인도하려는 선교회의 부담도 변하지 않았다. OMF가 가지고 있는 믿음 선교의 확신도 변하지 않았다. 선교회의 창립자의 시대처럼 OMF 멤버들은 '먼저 그의 나라와 그의 의를 구하면서' '하나님을 믿으면' 필요한 모든 것은 하나님이 주실 것을 알고 있으며 그 믿음을 자랑스러워한다.

OMF는 전통적으로 가지고 있던 기도에의 헌신을 최근 새롭게 하면서 새 세대의 기도 동역자를 찾고 있다. 깊이 있게 기도하기로 약속하는 개척자들을 찾고 있는 것이다. OMF 사무실에 연락하면 기도회에 대한 정보를 받을 수 있다. 또한 선교회는 '부르심을 받은, 창조적이고 헌신된 동역자'가 팀에 들어와 주기를 바란다.

1865년 허드슨 테일러가 창설한 중국 내지 선교회(CIM : China Inland Mission)는 1951년 중국 공산화로 인해 철수하면서 동아시아로 선교를 확장하고 1964년 명칭을 OMF International로 바꿨다. OMF는 초교파 국제선교단체로 불교, 이슬람, 애니미즘, 샤머니즘 등이 가득한 동아시아에서 각 지역 교회, 복음적인 기독 단체와 연합하여 모든 문화와 종족을 대상으로 예수 그리스도가 구세주이심을 선포하고 있다. 세계 30개국에서 파송된 1,300여명의 OMF 선교사들이 동아시아 18개국의 신속한 복음화를 위해 사역중이다.

OMF 사명
동아시아의 신속한 복음화를 통해 하나님을 영화롭게 하는 것이다.

OMF 목표
하나님의 은혜를 통하여 동아시아의 모든 종족 가운데 성경적 토착교회를 설립하고, 자기종족을 전도하며 타종족의 복음화를 위해 파송되는 것을 목표로 한다.

OMF 사역 중점
우리는 미전도 종족을 찾아간다.
우리는 소외된 사람들에게 관심을 갖는다.
우리는 복음을 전하는 일에 주력한다.
우리는 현지 지역교회와 더불어 일한다.
우리는 국제적인 팀을 이루어 사역한다.

OMF International - Korea
한국본부 (137-828) 서울시 서초구 방배본동 763-32 호언빌딩 2층
전화 02-455-0261, 0271 **팩스** 02-455-0278 **홈페이지** www.omf.or.kr **이메일** omfkr@omfmail.com

Bacon D W. From faith to Faith: The influence of Hudson Taylor on the faith missions movement, Overseas Missionary Fellowship Book, 1984.

Broomhall A j, Hudson Taylor and China's Open century, Hodder and stoughton and the Overseas Missionary Fellowship Book, 1 to 7, 1981~1990.

Broomhall M, Hudson Taylor: The Man who believed God, CIM, 1929.

Broomhall M (ed), Hudson Taylor's Legacy: Daily Readings, CIM, 1931.

Occasional Papers of the China Inland Mission Volumes I to VI. CIM, 1872.

Packer J I, Keep in step with the Spirit, IVP, 1984.

Steer Roger, J Hudson Taylor: A Man in Christ, OMF Books, 1990

Stott John R W, The Baptism and Fullness of the Holy Spirit, IVF, 1964.

Taylor Dr and Mrs Howard, 'By Faith' Henry W Frost and the China Inland Mission, CIM, 1938.

Taylor Dr and Mrs Howard, Hudson Taylor in Early Years: The Growth of a Soul, CIM and RTS, 1911.

Taylor Dr and Mrs Howard, Hudson Taylor and the China Inland Mission: The Growth of a Work of God, CIM and RTS, 1918.

Taylor J Hudson, China's Spiritual Need and Claims, Morgan and Scott, 1887.

Taylor J Hudson, Retrospect, Overseas Missionary Fellowship, 1974 edn.